U0105398

跨越萬卷的天橋

2021出版社暑期實習回憶錄

總策畫　梁錦興、張晏瑞
主　編　陳映潔
封　面　鄭涵月
作　者　呂庭瑜、易宁涵、徐宁廷
　　　　張娓兒、郭人瑜、陳怡安
　　　　陳映潔、鄭涵月、蕭怡萱
　　　　謝家榆

萬卷樓

目次

胡序：從學校到社會

胡川安
中央大學中國文學系

中央大學中國文學系創系超過五十年，在臺灣的中文系當中歷史悠久，學風上較為樸質，以傳統國學教育為基礎。過去本系教育出不少優秀的人才，然而，隨著時代的變遷，還有網路時代的來臨，社會新型態工作的崛起，開始思考如何讓學生習得的知識可以與社會接軌。

我自己一輩子沒有讀過中文系，會進中文系任教的原因在於熟悉新媒體，過去曾擔任新媒體的主編。除此之外，我也熟悉出版界，出版十多本書，和國內的主流出版社都合作過。因此，在中文系的現場，我負責實務的教學。

由於思考到從學校到社會的實際工作間，存在著一段不小的落差，如此會使得學生在畢業後的求職之路充滿挫折。因此，中央中文系的教授們普遍認為有需要讓學生知道企業的需求，才可以找到未來的求職之路。

在中文系的老師中，我對於企業的運作和經營最有經

驗，今年第一次開設的「企業實習」課有出版、新媒體和傳統宮廟組織，涵蓋面很廣，但關鍵在於以「文字能力為核心」，這也是中文系學生的強項。

然而，企業主要以營利為目的，並不是教育工作者。安排學生前往實習單位，對於企業而言是一種負擔，願意承接如此額外工作的廠商都是在做公益，讓下一代可以了解實務運作。萬卷樓為臺灣人文學科的重要出版商，此次應允為中央中文系學生的實習單位，作為指導老師，由衷感謝！

工作的第一塊敲門磚就是履歷和面試的過程，萬卷樓實習過程中，我看到映潔已經掌握到書寫履歷的重點——強調自己有別於其他競爭者的優勢。除此之外，要在大量的履歷中讓自己被看到，排版的精確和清晰程度就相當重要。

就出版業來說，當下的紙本書和學術書越來越難賣。然而，出版業的訓練並不只是做書而已，背後還有重要的企劃力。如果要將一本書推銷出去，除了要有堅實的內容，還要思考誰會買單，讓這本書在市場得以流通，出版社才能夠經營得下去。在學的學生最缺乏的就是實際業界的經營面，他們需要靠金錢才能運作。但從映潔的實習報告中，我可以看到她的成長，了解學校到社會間的差距，這必定會讓她未來的求職之路較為順遂。

萬卷樓整體的實習課程，不只讓學生了解實務，還從

做中學，而且在疫情期間，設計以任務為導向的實習內容，讓學生不受疫情的影響，具體且完整的受到訓練。作為映潔的指導老師，看到映潔的成長，衷心感謝萬卷樓的栽培。

楊序

楊惠玲

金門大學華語文學系副教授

　　萬卷樓圖書公司與本系之實習合作始於五年前，由當時之謝奇懿主任與該公司梁錦興總經理促成，建立雙方之合作關係。自此，我系於每年暑期甄派數名高年級學生前往萬卷樓位於臺北之總公司進行出版社見習。後於唐蕙韻教授擔任系主任期間又新增了「國文天地」編輯項目，擴大與萬卷樓圖書公司之合作範圍，雙方持續合作迄今。

　　今年（二〇二一年）因應全國疫情警戒，加上雙北之疫情突然升溫，雙方決議改以視訊方式進行實習。由張晏瑞總編輯主導，進行為期八週之線上實務指導。本次遠端實習對於學生而言的新體驗，包括知識及技術性課程改為視訊模式，並在課後繳交心得。一週至少一次的同步會議，以確保實務作業之品質並建立團隊的共識。實習指導老師提供指示與訊息，建立標準操作流程，也適時提醒實習生相關注意事項。由於不再是全日型執行實習項目，學生的實務分派改以任務為導向，諸如稿件整理、文字校對以及公眾號書訊的

製作與發布，實習生均在虛擬空間上操作，並且需限時完成，在在挑戰實習生的溝通及獨立作業能力。

感謝總編輯張晏瑞老師以及許雅琇編輯不辭辛勞，一路帶著學生從校對實務、認識出版業的內容與變化、產業的市場趨勢觀察，最後協助同學們完成實習成果專書——《跨越萬卷的天橋》。書名由參與今年度實習之全體學員發想定名；封面設計由本系鄭涵月同學完成。其中五篇文章〈那年盛夏，我從橋上走過：萬卷樓暑期實習的心路與分享〉、〈校對實務與實習心得〉、〈難忘的茶葉廣告設計〉、〈出版實習與產業發展之我見〉、〈出版企劃的課堂筆記〉，分別由本系同學鄭涵月、陳怡安、張娓兒、蕭怡萱、徐宇廷等撰稿完成。

身為實習生的師長，看到學生將實習收穫化為文字，也看見同學們抒發自身對學習的感懷。每一位學生從不同角度切入，來省思本次實習。本人欣喜之餘，更感到欣慰的是看到學生的成長。感謝萬卷樓提供本系學生職前的實習機會，也感謝張總編輯促成這本專書。期待我們的學生未來也能在學術出版業貢獻一份心力，如書名所言——跨越萬卷的天橋！

錢序

錢鴻鈞
真理大學臺灣文學系主任兼臺灣文學資料館館長

今年第一次是由到萬卷樓實習的同學在暑假編輯系刊《藝采臺文》，已經到了第五期了。所以我擔任系主任，從二〇一四年八月算起，也已經滿五年了。因為，每期系刊都是我與張晏瑞老師所帶領的學生團隊合作完成的。記得幾天前，我剛寄出了系刊的序言，今天學生又來要序。我不是已經交了嗎？我直覺如此。

原來，今年的實習團隊，包含：中央大學、金門大學、輔仁大學、真理大學的同學，要共同出版一本實習回憶錄。那是八年來，臺文系開始參與實習以來，第一次有這樣的成果發表。難怪我誤解了，這其實是另外一本書的序文啊。且應該是其他系的主任也都被邀稿才是。

那麼，這篇序文，首先應該要請現在是人文社會學院的院長田啟文教授來寫才是。因為他於二〇一二年八月來到臺文系並擔任系主任就開始了臺文系的大改革，也就是業界課程與暑期實習。我看到資料，他在到任前就規劃了臺

文系的業界顧問，而梁錦興總經理是二〇一三年二月擔任顧問的，並擬請梁總兼任臺文系的出版課程。

之後應該是二〇一三年九月，梁總因為忙碌，就派他的子弟兵張晏瑞老師來系上開課。晏瑞就一直為臺文系付出，直到今天。在這中間忙碌於臺灣及兩岸之間，結婚生子，居然還拿到了博士學位。真是恭喜之外，又加感謝與感動。

我敢說，沒有田啟文就沒有現在完整的臺灣文學系，因為學生在他來之前大量流失，臺文系學生不知道畢業能做什麼。現在則可將臺文與出版等平面媒體結合之外，更可以跟影音錄製、劇本創作相結合。學生可以在課程、實習中知道自己的興趣與能力，更可以獲得自信。實習優秀的學生，確實還在各公司獲得工作，便是最好的證明。

舉例有：自由時報、三立電視臺、漢湘出版公司、新路山傳播公司、康軒公司這幾家與臺文系有合作的公司，都有臺文系的同學獲得職缺。另外，當然是萬卷樓圖書公司，如：黃宣榕、何陳晶等同學，在他們升大四之時，就被愛才的梁總留了下來，作為正式員工。

所以作為系主任已經五年的我，我有臺文系可以繼續耕耘，我第一個要感謝的就是田啟文院長，第二當然是各個實習公司的主管。每一家公司給臺文系很多支持，我可以講很多故事與感動的地方。但是在此當然就是對梁總與晏瑞

老師的感謝。我特別也要對同學說,真的對田啟文院長與實習的公司、業界老師都要好好珍惜與感謝。事實上,田啟文院長在我任內仍是一直幫助我去執行與擴大產學實習,然後還有劉沛慈老師花了很多力氣輔導與鼓勵學生實習,現在則有林裕凱老師加入協助。

其實梁總在一九七二年,葉能哲擔任校長的第二年就開始在真理大學的前身淡水工商專校,以經濟學家身份擔任兼任教師了。與我校淵源甚深,更不要說與淡水明媚風光的感情。今年的疫情特別,本來許多實習公司,包括:公共電視,都停止實習。可是萬卷樓以線上實習,前所未有的創新方式,克服困難,讓學生實習。八月後,更讓一位在線上實習,但有經歷困難的同學,冒著疫情的危險讓她到現場來實習。

老實說,我中間與晏瑞,還有學生,還有她的父親,三方彼此溝通很久,才來促成。而我知道,背後其實是梁總慷慨大度的支持。很多細節,不好說。但是,這種給有特殊需求的學生機會,真正是揹著社會良心來服務學校的。這種情況,也有元華出版社幾位同仁,這麼做了,給更需要關懷的學生機會實習。一起幫助我,協助讓需要一座橋樑的學生,走上康莊大道。萬卷樓梁總的慈悲之心,確實就是架起一座天橋啊。

其他,我想我只能一起跟田啟文院長,代表臺文系師

生，以一杯又柔又順口，一樣是萬卷樓提供的高粱美酒，向梁總、晏瑞與萬卷樓諸同仁，敬上一杯！表達無限謝意與裝滿感懷了。最後祝福學生，讀書校對要破萬卷，下筆寫作也要破萬卷啊。

梁序

梁錦興
萬卷樓圖書公司總經理

　　二〇二一年是臺灣受到新冠肺炎影響最嚴重的一年。因為防疫的破口，導致整個疫情突然升溫。萬卷樓舉辦實習活動，已經有十年左右的時間，從未間斷過。面對五月份突如其來地變化，同仁們都有點措手不及。

　　他們來問我：今年的實習，是否要停辦？我考慮到同學們選擇到萬卷樓實習，有的是因為畢業會需要實習學分，有的是因為希望在編輯工作上，有進一步學習的機會。不論原因為何，總是對公司的一種肯定。如果貿然停辦，恐怕會有很多人受到影響。因此，我毅然決然地告訴同仁，只要能夠找到解決的辦法，我們辛苦一點，不要停辦。因此，有了今年的「線上實習」活動。

　　隨著暑假即將結束，實習活動即將邁入尾聲。我告訴總編輯張老師，學生實習，總要有一點帶得走的收穫，作為一項回顧與紀錄。我雖然沒有直接參與實習活動的進行，但身為公司的領導者，同仁們在作什麼，其實我都了然於胸。

同樣的，實習同學作了那些事情，我也是完全清楚明白的。

因此，總編輯提議，能否讓同學們將暑假期間實習的點滴，撰寫心得，並且集結成冊出版，作為暑假的回憶與收穫。我當下即表示同意！後來總編輯跟我報告，同學們集思廣益後，這本書叫做《跨越萬卷的天橋》，邀請我寫〈序〉時，內心是感到相當欣慰的。

萬卷樓過去已舉辦過數次實習，從一開始的十餘人，逐漸擴展至數十人的參與。意味同學對「圖書」、「出版」這個行業，仍抱持著相當的好奇與熱忱。萬卷樓雖以發揚文化，普及知識，輔助教學為成立宗旨，但也期盼能夠引領更多對書籍出版懷抱興趣的同學，有志一同，薪火相傳。

今年因為疫情的緣故，許多活動都改為線上舉辦，我們也只能如此。雖然舉辦的形式不同，但我們策畫活動的初衷並沒有改變。這段期間，有賴公司同仁的辛勞，為實習同學們解說圖書出版的細節。同時，盡心盡力安排實習事項，讓同學們能夠暫時擺脫學生身分，就近拓展知識與眼界。

從同學們的稿件中，能看到大家從最初對出版業的懵懂、好奇，逐漸轉變為一股勇於嘗試的熱誠！這就是我們舉辦實習，最希望看到的結果。期盼本書的出版，能夠帶給同學們收穫，也能夠幫同學們在出版產業上，搭起「跨越萬卷的天橋」，留下美好的回憶。

主編序

陳映潔
中央大學中國文學系

一　前言

　　「暑期實習」是尚未步入社會的學生們一窺公司生態的機會。雖然無法做到面面俱到，如同真正進入職場般，參與各種部門事務。但透過實習參與，也能藉此理解，並提前調適出社會的心態，認識自己未來要從事的職業。此外，更重要的是開闊視野，調整自我定位，做好充足準備。

　　但是不是每個人都能找到理想的實習單位，也可能是沒時間、沒機會參與實習活動。這樣一來，便只能從他人的經驗中，找尋一些對自己有用的知識。

　　本書是實習生實習經驗的心路歷程集錦，從實習生的角度，描寫初步認識出版社的工作樣態。或許有許多人還不清楚自己將來要從事甚麼樣的工作，但又沒有管道了解各種產業的工作內容，本書便可以提供參考。

二　帶著走的成果

　　萬卷樓圖書公司每年暑假都會舉辦實習活動，供合作大學的學生們參與。歷年來，也多次出版過如：《菜鳥先飛：出版社實習新體驗》、《萬卷高樓平地起：我們在出版社實習的日子》等書，記錄實習生在萬卷樓實習的心路歷程，今年亦然。

　　不同以往的是，今年因為疫情改採線上實習的方式，與過去實習模式不同。今年萬卷樓的實習，以課程的方式進行，透過多次線上課程，教導實習生們關於出版社的各方面知識。此外，採取發配工作的方式，透過完成交辦任務，以便了解、學習出版社的各項具體工作，並透過實際參與，產生「可以帶著走的成果」。

　　本書便是出版社讓實習生們創作可以「帶著走的成果」之一。

三　活動特色

　　雖然萬卷樓與實習生雙方之間，都對無法實地實習感到惋惜。但配合疫情安排，在家辦公也是公司必須要學習的工作模式。因此，今年的實習活動雖然不同以往，但疫情之後，需要「在家辦公」的新型態工作模式，讓實習活動的安

排，也要與時俱進。

此次的線上實習，雖然在時間安排上可以更加彈性，也可以提前體驗「在家辦公」的模式。但是第一次實習，有很多不理解的工作內容，或是一些作業流程，只能透過老師安排的課程時間進行了解，或是私底下提問。未必能夠即時獲得解答與反饋，而且同一時間，與萬卷樓正在進行的許多工作交雜，難免產生困難與疑惑。

但是，老師們總會努力幫我們解惑，說明工作內容，不僅多次開會、上課，以求讓我們充分了解目前手頭上的工作。並且，在安排工作時，也會儘量清楚地說明清楚。因此，減少了許多作業上突發的問題，學習到實作的工作經驗，也克服了「在家辦公」的困境。

四 出版目的

本書的內容，是由實習生與萬卷樓共同策劃，並邀請學校老師一同參與撰寫。其中，有實習生對各項課程或是工作內容的心得，還有公司、老師對實習活動的看法。從三方角度，了解實習活動為何會舉辦？萬卷樓的部門工作又有哪些？讓其他考慮要找實習的同學，準備要與企業合作的系所，甚至是想要辦實習活動的出版社與各個公司，可以從中獲得助益。

五　結論

　　萬卷樓在實習期間，以共同的線上課程，教我們在出版社工作時需要具備的知識。總編要求同學在上過這些課程之後，都需要撰寫相關的心得回饋。

　　這本書的內容，便是從中擷取收集，讓大家可以從學習的過程，表達知識的反饋。當然，為了讓本書更多元，同學也可以將實習期間被分派到的工作感想反饋在本書中。

　　出版一本書，不僅讓實習生可以有「帶著走的成果」，還能學習到其他工作中不一定可以得到的知識，像是：請同學寫一封寄給老師的邀稿函，讓同學學習商業文書的形式，以及撰寫時，該如何用字遣詞。又如：出版一本書的排版工作，並學以致用，將實習期間，學習到的知識，運用在本書的編輯過程中。策劃與實行的過程，都是公司與實習生一同參與完成，以便讓實習活動畫上完美的句點。

　　感謝萬卷樓圖書公司梁錦興總經理提供這次的實習機會，以及公司張晏瑞總編輯、許雅琇編輯與多位編輯部的同仁們，無私的教學。讓我們學習到很多出版知識，並協助我們完成本書，紀錄實習感想。也謝謝各校與萬卷樓合作，老師慨允為本書撰寫文章，錦上添花。最後，謝謝各位實習夥伴，共同參與本次實習活動，合力完成這本書。

萬卷樓暑期實習活動的心路分享

張晏瑞

萬卷樓圖書公司總編輯、業務副總經理

一　前言

　　萬卷樓在每年的暑假，都舉辦「圖書出版經營理論與實務」暑期實習活動，今年正好滿十年。因為疫情的關係，我們將實習活動轉為線上，提供有志投入出版產業的同學，一個認識產業的機會。

　　「線上實習」是一種新的挑戰與嘗試。在高度人力密集的出版產業，要如何遠距工作？疫情促使我們求新求變。

　　本次參與實習的學校，分別有：中央大學、金門大學、輔仁大學、真理大學四所學校。我們透過視訊軟體，進行課程講解，也透過教學平臺，作為課程發佈媒介。讓過去同學進到公司實作，如同上班一樣的方式，轉為「任務制」的成就達成。藉由完成任務，累積實習時數，完成實習活動，並產生帶得走的實習成果。

二 緣起與嬗變

　　萬卷樓舉辦實習活動，最原始的初衷，是希望藉由實習活動，找尋未來的工作夥伴。後來在梁總經理的擘劃下，善盡企業的社會責任，轉型為出版產業培養人才的規劃。

　　過去參與萬卷樓實習活動的同學，很多是大四暑假的應屆畢業生，或是畢業前，由老師推薦而來大四同學。實習後，幾乎都順利進入出版產業工作。

　　隨著臺灣教育政策的改變，「實習活動」成為大學課程中，必要的安排。在這樣的轉變下，參與實習的同學，普遍轉為大三升大四的同學。在暑假期間參與「實習」，暑假結束後，再返校修課一年，才會面對就業的問題。而「實習」也成為累積畢業學分的一門課程。

　　這樣的轉變，從學生學習的角度來看，在沒有急著就業的壓力下，學校安排實習活動的美意，體會程度便彼此不同。學生參與實習活動的動機，也有更多個人因素的考量。實習後，沒有馬上就業的情況下，萬卷樓實習活動能有助於「就業」的高附加價值，也就無法立即的展現。

　　從教育政策的規劃來看，實習活動的安排，最主要還是面對學生「就業」及「職涯」發展的問題。在廣設大學的情況下，大學教育已經從過去的菁英教育，轉變為普及教

育。因此，本來並非應用型或技職型的大學生，以文科生來說，在時代中如何取得安身立命之所在，如何突顯大學四年的學習特色與專長？如果沒有「實習」的規劃，恐怕對學生未來的就業發展，會造成不良的影響。甚至部分學生會失去自我價值，無法肯定學習意義，進而產生文科無用論的想法。這對文科學生的學習與發展來說，都會造成衝擊。

因此，在實習之外，課程規劃的「實用性」，則成為人文學科的發展與轉型，必須另外進一步探討的問題。

三　目的與幫助

有關實習活動的舉辦，對於同學未來在求職上，是否能夠帶來實質上的幫助。坦白說，這個問題，並非「絕對」。因為，任何一個制度，要能夠產生實質上的影響，最終都必須回歸到同學自己身上。

制度的規劃與建立，多開一道門，多闢一扇窗，目的是讓同學有更多的機會與選擇，能夠「自主學習」。而這也是「大學」在課程的規劃上，所強調的意義。能否從中得到收穫，獲得機會，端看每位同學個人的努力。

以企業的角度來看，「實習經歷」只是一個參考指標。企業真正所重視的，絕不是「經歷」而是「收穫」。對企業來說，強調的是能力與表現。因此，企業優先考慮的對象，

會著重在工作經驗、專業技能、工作態度、待人處事這四方面。這四方面的考量，在履歷中，難以完整呈現，但在面試的過程中，就可以一覽無遺。當同學從實習中，真正對產業有所了解，並且引發興趣，習得技能。自然能夠在面試過程中，呈現出來，有所表現，令人欣賞，提高錄取機會。

雖然如此，「實習經歷」某種程度上，還是可以讓履歷加分，增加進入面試階段的機會。因此，如何擴大實習對同學就業的幫助，並藉此取得具體的成果，突顯能力，則是我們在活動規劃上，所希望呈現的效果。

四　反思與成長

企業成立的目的，不論是什麼，背後都必須達到營利的目標，才能夠永續經營。企業的發展，需要資金，也需要人才。需要「資金」可以找銀行，需要「人才」可以找學校。但如果不提早準備，往往事到臨頭，「要錢」沒有，「要人」不來。因此，企業雖然沒有培養學生的義務，但為了整體長遠的發展考量與需要，仍然可以進行這項投資。

透過實習活動的舉辦，發掘優秀的人才，進一步在畢業之前，搶先錄取優秀人才，同時降低未來在職場訓練的成本。我想，這是企業舉辦實習活動，所可以得到的收穫。只是這項投資的投資報酬率，只能夠用「緣分」來形容。而且，

企業舉辦實習活動，有時也必須承受風險。但萬丈高樓平地起，誰不是從「學生」的角色出發的呢？如果企業不願意給社會新鮮人機會，那麼優秀的企業人才又要從哪裡來呢。

回過頭來說，既然企業願意接受人才培養的工作，承擔學生實習的風險。那這樣得來不易的機會，能夠參與實習的同學，應該更加珍惜。

五　結語

今年的暑期實習活動，隨著八月的過去，疫情的降溫，也即將告一段落。隨著實習工作的逐步完成，同學們或多或少都能取得一些具體的成果。

其中，有分組的實習工作，部分同學參與了圖書發行工作的前置作業；部分同學參與了文化交流的具體工作；部分同學完成了文創行銷的實際體驗；部分同學完成系刊編輯的作業。此外，也有共同的編輯工作，例如：八月號、九月號《國文天地》雜誌的編輯工作，每篇文章，都經過同學的校對、編輯後刊登。可以說是同學們的處女作，也是未來編輯工作的起跑點，非常值得鼓勵。而這本成果報告書的出版，更是實習成果的整體回顧與展現。

記得在實習之初，我曾對同學說過，除了問萬卷樓可以為你做什麼之外？請問各位可以為萬卷樓做什麼？感謝

各位在這個暑假，為萬卷樓所做的付出，也期盼我們活動的
安排，能夠給各位同學帶來實質上的收穫。

在此，謹以本書，獻給二〇二一年暑假，每一位參與
萬卷樓暑期實習活動的同學和老師，謝謝各位。

剩下的盛夏，與實習有約

郭人瑜
真理大學臺灣文學系

一　前言

不知道大家對於實習有什麼樣的憧憬？或者實習這兩個字對大家的定義是什麼？對我來說，可能跟別人不同！有些人實習是為了畢業時數和專題，就像我們學校，如果要寫畢業專題，就必須參加實習，才能畢業。但我選擇的是論文撰寫！換言之，在系上大多數人的眼裡，我選擇暑假參與實習，是有一些詭異的。

我經常被同學和朋友問一個問題，為什麼我要跑去實習？因為我並不是靠實習來完成畢業手續的。對於這個問題，我自認很有趣！回到最初，捫心自問，實習能帶給我們什麼？是那一百六十個小時的時數？還是學校讓我畢業的其中一個門檻？對我而言，實習是一個讓我銜接未來工作的橋樑，讓我快速累積社會經驗的地方。所以，我回答這個問題的答案，一直都是「我想看看編輯工作，是不是我理想

中的那份職業？」我曾經在高三考大學的那年摔了一跤，狠狠體悟到「喜歡不一定適合，興趣不一定是專長」的道理。於是，我想把自己丟進出版業，好好的了解何為出版業？並且想明白：自己的未來是不是適合走這條路？

二　關於疫情下的實習活動

今年，是個不平靜的一年。坦白說，二〇二一年的實習職缺少之又少。從五月確診人數暴增，六月疫情升溫，很多實習機會都被迫取消，如同標題中我所說的剩下的盛夏。因此，我所面臨的危機感比別人更多了一些。這是我在大學裡，最後一個暑假了，已經要升大四的我，該如何讓自己快速地累積實戰經驗是非常重要的！畢竟，我也沒有資本可以繼續揮霍，準備要出社會的我，除了透過實習讓自己快速成長之外，似乎也別無他法了。

當然，我所說的快速成長，並不是囫圇吞棗式的，而是一步一腳印的方式。我自認不是一個聰明的人，更不是一個學習能力很強的人。一直以來，我都覺得我挺笨的。但是，我有一個自認不錯的優點，便是「我肯學」！雖然，我不聰明，但我願意花比別人多好幾倍的時間去摸索、去學習。

有的人說，實習所該具備的能力就是認真與負責。我倒不這麼認為，不是說實習態度不用認真和負責，這當然是

應該且必須的，只是比起這個，我更進一步的問自己：我能做什麼？我具備一個什麼樣的特質被選為實習的人選？身為一個實習編輯的我，文字功底、校對能力、企劃創新等等，我做得到多少？

對於實習，我相信每個人的想法都不同，就算是同一家出版社的實習，大家想法應該也不大一樣。有點可惜的是，因為疫情而實習改為線上，我一直揣想，如果沒有爆發疫情，在現場實習的話，也許我們幾位來自不同大學和科系的學生們，應該能交流出更多的東西。畢竟，科系不同，被授予的工作也不大一樣，看事情的角度肯定也不同。要是能有機會交流，可以學習到的應該會更多。

三　書籍的行銷宣傳與定價方式

說到這裡，我都還未深入談談我的實習工作。關於實習的這段時間，我們分別被授予了一些共同作業，以及個人作業。

在實習期間，我最有印象的課程，是「書籍的行銷宣傳與定價方式」。「行銷」這兩個字，對我而言，是非常感興趣的事。老實說，我並不是很喜歡這兩個字的背後意義，但你若問我理由，我也說不太上來。這感覺就像是我好像不適合做個行銷人員。可是，在寫這份作業之前，我坐在電腦桌前

很久，回想起我的國、高中時期，碰到跟行銷有關的作業或是活動，想到最後，我就笑了出來。我似乎對行銷和自己有些微誤會。以往在大學辦的暑期夏令營，我們有一個主題是開一個跟古人有關的甜品店營業，我負責行銷工作，成績還不錯。

而我們的這份作業談的行銷，是如何讓書籍的受眾率擴展，以及讓書籍的購買率提高。上課時，我的想法就有好幾個，略為整理成以下兩點：

（一）網路行銷

網路行銷的部分，首先我會想到的是網路廣告！萬卷樓的書籍大多都偏向學術，適合將受眾族群放在教授和研究學者上，年齡分布大概會是三十到五十歲之間。面對這樣的年齡層，我會建議將廣告放在臉書。因為這年紀的網路社群，大多是臉書的使用者。用 IG 或是推特的人，反而是比較少的。

再者，「網路平臺」也可以介紹我們的書籍。在公眾號的反饋意見中，我有提到一些關於有聲書的想法。如果，購買的客群受眾在大陸的話，我推薦「喜馬拉雅」這個 APP。這是大陸聽有聲書擁有較大聽眾的 APP，而臺灣的聽友，多數還是使用 Podcast。

現代人講求效率，且研究也顯示，越來越多人無法長

時間盯著書籍或文章介紹，我覺得透過有聲書去介紹還是有一定的效益在，可以在運動的期間，聽一下書籍介紹，方便讓受眾了解此書是否符合自己的需求。以前老師上課的時候，曾經講到直播介紹書的方式。但直播介紹書籍的人大概還是少數，更多的是拍成影片或是有聲書。我覺得我們可以往這裡發展，應該會是一個新的嘗試。

其三，公眾號的客群想要觸及更多的人，是有一定的難度的。因為必須要關注才能收得到新訊息，我覺得這部分，我們可以往中國的微博平臺和 Lofter 平臺同時並行。在此，請容我簡單介紹一下 Lofter 這個平臺。推薦他的原因，是因為我自己也有在使用，平時會寫一些文章發表。他的觸擊率算高，而且帳號和發文不需要付費，這點很棒。他的網站設計有 Tag 搜尋、關鍵字搜尋，還有 Lofter 會透過大數據的統計，選擇推薦自己有興趣的文章，提高觸及率。如果再搭配上微博的帳號，影響的效益，以及提高的觸及率，我自認為會比微信公眾號再更容易些。

若是以臺灣的讀者來說，如果廣告想要觸及更多客群，我的年齡設定可能會分布在二十到三十歲。那我的網路社群會設定在噗浪身上！現在蠻多出版社或是作者會使用噗浪，但噗浪有一個問題是，他比較活潑，可能跟企業形象會有些不符合。可是，以我使用的方式來說，他的觸擊率也算高，找關鍵字或是 Tag 都很容易找到，像是一些出版社或

是文化企業都會利用噗浪來宣傳自己的書籍。例如：長鴻出版社（ID:長鴻小編）、臺灣漫畫基地、BOOK WALKER（臺灣角川與日本角川合作的電子書平臺）。IG 的話，我認為可行性也高，而且 IG 的使用者多，觸及率也高，可以請一些粉絲數高的文青來介紹書籍。

（二）實體行銷

實體行銷的部分，就比較傳統。我所能想到的就是書展的時候介紹書籍，以及請老師、教授們介紹。

若老師教授有興趣，或認為適合學生閱讀，可以在開書單的時候，將這些書帶進去，但效益不大，而且時間花費較長。

當然，會選擇書展的原因是有很大一部分來自於自己學生時期的觀察。我對書展的記憶多半是，書很多很便宜，同學們也是那段時間會去買書，而且班上都會排一堂課時間讓學生去書展逛逛。撇開本身愛逛書店的學生，書展應該是學生能看到課外書最方便也最多的時候了。

我在書展屬於異類，當別人還在為了湊七折，找一大群人買書，我已經挑好將近十本的書要去結帳了。別人都說，我去書展不像逛書店，像去進貨。所以，我認為書展是一個很好曝光書籍的地方。尤其當時學校不能滑手機，因此在那邊的學生多少都會去翻書，總是會有幾個人產生興趣

買書。

這些都是我以萬卷樓為出發點，所思考的行銷辦法。當然，肯定是不夠成熟的，可能也不夠新穎。只是我從一個個人讀者的思考，還有經過一些不成熟調查而得到的方式。

四　出版社書目整理的工作

在這裡，分享一個記憶深刻的「工作內容」。

有一個工作，具體的內容是做一個出版社的書目整理工作。要整理成 Excel 表格，老實說我對 Excel 沒有辦法像用 Word 那樣熟悉。但我還是用不熟悉的操作與謹慎的態度去完成這份工作！

坦白說，我負責這個出版社的書並不多，因為他已經倒閉了。但老師還未說明之前，我並不明白，甚至有些懷疑自己搜尋的方向是否有誤。不然，一個出版社怎麼才這麼一點書呢？於是，我把國家圖書館裡，典藏該出版社書籍的資料整理完畢後，開始把全臺灣中，我能想到的圖書館，利用館藏搜尋的功能，搜過一輪。很可惜，沒有看到有別於國家圖書館典藏以外的著作。於是，我開始把腦筋放在各大網路買賣平臺。不信邪的我，始終認為一家出版社的書不會這麼稀少，肯定是有我沒注意到的地方。很幸運地，分別在蝦皮和露天這兩個平臺上，各找到一本書，然後把來源附上，交

了上去。當時心情超級緊張，一直以為是不是找的方向出錯？整理書目才會只有這麼一些！後來老師上課時，告知書籍就這些而已，我才鬆了一口氣。

那時候主管問我我是不是很緊張也很急？我在心裡偷偷回了句：是的！我感覺，我連在夢裡都在思考，我應該要怎麼去把書翻出來！

五　編輯自己系上的系刊

另一個印象深刻的作業，便是編輯自己系上的系刊。我是真理大學臺灣文學系的學生，在上學期的課程中，老師便屬意由我負責本期系刊的編輯工作。

對於「系刊」，原先我了解的並不多，而「系刊」這兩個字，雖然名詞解釋很清楚，但它背後所衍生的重要意涵，我並沒有深刻明白的了解。

這一次編輯「系刊」，遇到了很多問題，尤其又遇上了疫情，使得很多工作，都是到實習後期才開始展開。一開始接觸到系刊的稿件，是老師將系刊的紙本檔案寄到我家讓我校對。因為線上實習大家並不會碰面，而校對的過程，需要把檔案印下來。老師擔心我去超商印，價錢太貴，所以從公司印好，並且把稿件寄給我。真的是太貼心了。

　　拿到紙本文稿後，第一步要做一校的工作。我校對完成後，透過掃描 APP，將文稿掃描成 PDF 檔回傳到萬卷樓。萬卷樓的主管確認後，在經過排版修改，再把稿件寄給我，進行第二次校對。二校完成後，再掃描回傳公司，公司又再重複一次上述的步驟。做了好幾次的修改與對紅，以往在晏瑞老師課堂上聽到的步驟，此時都一項一項的在進行。

　　過去在課堂上聽課，多少可能會覺得老師所說的理論只是紙上談兵。但真的落實到執行面時，才發現如果沒有在紙上先演練，到了實際操作，就會兵敗如山倒。有了校對課程的認識，照著課堂上的說明，一步一步進行，才不會出錯。了解程序後，也比較不會慌張，而且實作後，更能明白為何校對要經過三校，而非一校或二校就完成。

　　在做系刊的時間裡頭，除了編輯校對的工作外。晏瑞老師召集我們開了兩次編輯會議。那兩次會議，帶給我的感受截然不同。

　　第一次開會時，對於系刊整本的架構，還有些迷網。有很多地方，都需要老師提醒，才會覺得「原來這邊也要留意！」那場會議從八點開始，開到十一點才結束，時間很長。老師開會的時候，並不會用下指令的方式來說明，而是用詢問的方式來引導教學。老師很常問我們：「那你們的想法呢？」因此，在編輯系刊的同時，我也認真的回頭想想，把自己化作讀者的角色，探討：我會想看到哪些內容？有哪些

內容能凸顯我們臺文系的特色？如何策劃，才能讓讀者知道，系上的學生，在系上老師們悉心的指導下，在文學素養上，有了什麼樣的改變。

第二次開會，討論系刊的編輯工作，感覺就很不一樣了。老師的詢問和語氣，比較像是在確認第一次開完會後，所交代的工作，大家是否順利完成。此外，如果有未完成的工作，是什麼原因，導致進度的耽擱？如果遇到困難的話，那我們是否有準備替代方案？可以透過增加哪些內容，來解決問題？而哪些內容，可能不適合在系刊呈現？這些在第二次開會時，所討論的東西，不僅讓我們感受到壓力，也讓我們真正感受到，我們正在編輯一本系刊。這次的開會，收穫很多，就好像感覺自己真真正正的成為了一個編輯。

編輯系上的刊物，是我第一次接觸系刊編務，應該也是最後一次了。因為我即將踏出校門，離開學校後，就算是有幸從事編輯工作，我也不會再以學生身分來編輯系刊。因此，這次參與系刊的編輯工作，對於我來說，一切的工作，都充滿了新鮮感，所有學習的機會，也都值得珍惜把握。因為只有這麼一次，所以我心懷感恩，並且用最謹慎的心情去面對編輯工作。

在編系刊的同時，還有一個小插曲。原本我還有一主動向老師爭取參與的工作。但老師考量時間上的安排，還有我手上已經參與的工作內容，老師認為我的負擔太重，決定

先調整這份工作給其他同學。沒有參與到這份工作，我感到十分可惜。但後來我充分體會到，當時對於我來說，認真把系刊編好，才是最重要的。這次參與系刊的編輯工作後，對於系刊的重要性，我也真正明白感受到，身為系刊的編輯者，不能隨便，更不能出錯。

這次編輯系刊，是一個很好的學習機會，我從編輯系刊的工作上，學到了很多編輯知識。在操作的過程中，也漸漸明白，一個編輯所應具備的能力。也漸漸了解，身為編輯，遇到事情該如何思考與判斷，遇到問題該如何著手解決。

六　難忘的線上實習

接下來說說，線上實習的我們，做了哪些事情。

線上實習，有很多工作是我們在網路上跟老師們溝通，這時候應對得宜就很重要！不管老師平時有多溫柔，在職場上，老師就是你的主管，你在跟主管報告工作內容就不應該抱持著隨便的態度。還有，千萬不要當雷隊友！如果有分組的工作，記得要主動去分工，也要認真面對自己的工作，不要有想要蹭分數、蹭時數的想法。

線上合作，大家見不到面。甚至，有些分組的同學，自己雖然不認識，但也要想辦法去聯繫，去溝通。我一直認為參與實習的人，大多數也是抱持著跟我一樣，希望學習到工

作經驗的想法來的。所以，在共事的過程中，一定會交流到一些不同的想法和思路，我覺得這是一件非常好的事情。

況且大家來自不同的大學，不同的科系，學習到的專業知識也都不盡相同。透過聊天，或是工作時的交流，都得到很多不同的回饋。像是輔仁大學的同學，是圖書資訊學系的學生，有很多專業知識，我不是那麼了解，他們都非常的明白透澈，讓我很佩服。但也很可惜的是，因為不是現場實習，無法面對面，不然我可以詢問他們一些關於圖書資訊學系上課的問題。

七　結語

實習活動只有短短兩個月，現在回想起來，好像就是剛開始實習而已，沒想到已經來到準備謝幕的時候了。想一想，有些不捨，在這裡頭所學習到的東西，做的每一份的工作，我都是抱懷著感恩去執行，明白老師的辛苦，也知曉老師對我們的付出。

透過這次的實習，讓我確定編輯這份工作，是我喜歡且能堅持住的行業。如果現在我說，我想成為一個編輯，可能還有點不自量力。但我想往這一個目標，努力前行！無論是市場書、教科書，都有一定的讀者受眾。在未參加萬卷樓實習之前，我以為我適合市場書，但我發現，其實未必要給

自己設限。參加完萬卷樓的實習後，我覺得萬卷樓出版的學術著作，雖然生冷，但也十分有趣。

也許跟原本想像的不同，但我很開心能夠成為萬卷樓二〇二一年的實習生，我帶著雀躍又緊張的心情，完成這一次的線上實習，學習到的一些經驗，將成為我茁壯的養分，讓我更肯定未來求職就業的選擇，也使我在未來的面試中，能夠帶上這些實習的成果。

追尋、跨越與前行：
萬卷樓暑期實習與自我成長

易宇涵
輔仁大學圖書資訊學系

一　緣起

不絕於耳的紙張摩擦聲、接連不斷的電話響鈴以及人們忙碌走動交雜出現的腳步聲，這些緊湊且繁忙的微小聲響，就是我最初對於出版行業的淺薄印象。

在真正親身接觸到出版行業之前，電視影集或者電影情節中對出版行業的簡單描述，就是建構我想像的唯一渠道。這樣一份充滿神秘幻想色彩的職業，對我來說有格外濃厚的吸引力，也讓我對出版行業就有著莫大的憧憬。

因此在進入大學後，得知系上的大三實習課程中，有機會到出版行業中具有指標性與歷史的萬卷樓實習時，我就下定決心要把握這個難得的緣分。讓那些浮於耳邊的聲音，轉化成眼見為實的畫面，揭開神秘面紗，進入出版世界。

這個帶我通往出版世界的樓梯，就是成立了足足有三十餘年的萬卷樓圖書股份有限公司，帶領我們的是萬卷樓的張晏瑞總編輯。

雖然隨著新冠疫情的爆發，本該實地參與的實習工作，只能含淚轉為線上的課程。但在整個實習過程中，萬卷樓除了提供實務型的工作機會外，張總編輯也精心準備了十堂的知識性課程，這樣豐富的實習內容，讓人感受到萬卷樓已經盡其所能地將實習生們無法實地實習的缺憾填滿。

老師們在課堂中也毫無保留的道出了出版行業的細節故事，讓我真正去深入了解這個神秘產業的發展背景、工作的流程與細節內容。甚至是現在正在面臨的轉型危機，或兩岸文化交流的問題等等。通過這一次珍貴的實習機會，出版這個名詞，終於對我敞開大門，讓我對這個行業的認知，不再只是浮於表面。

二　過程

在萬卷樓悉心準備的十堂課程中，最讓我受益匪淺的絕對是以「微信公眾號」為主題的相關課堂。

通過內容豐富的課堂，我了解到所謂的公眾號，簡單來說，就是商家的名片。對於以兩岸學術交流為重心的萬卷樓來說，更是進入大陸市場的重要通行證。

通過使用創建好的公眾號，商家可以通過微信的平臺，和訂閱自己訊息的使用者，有文字、圖片、語音甚至是視頻的全方位溝通與互動。而萬卷樓選擇使用公眾號進行推廣的最大因素，是由於微信屬於大陸地區最為龐大的單一平臺之一，在大陸市場中基數較大，因此各種不同類型的廠商皆會針對微信平臺開發專屬的免費小軟件，讓使用者可以利用這些現成的小軟件無痛、無壓力的去設計自己專屬的公眾號，降低了商家在使用公眾號時所需要投入的成本以及門檻。這樣的設計，讓更多人可以創建自己的公眾號，也讓公眾號成為萬卷樓進入大陸市場的最佳通道。

由於我個人本身就有使用微信的習慣，也在日常生活中使用過非常多不同種類的公眾號，因此在學習公眾號的課程中，我格外的專注在老師的講解。了解到萬卷樓公眾號提供的功能，基本上就是每個月的書訊分享。其中包括：書籍推介、新書推介以及一些精選的文章等。除此之外，便沒有太多附加得功能，稍嫌可惜。因此，我在課後因為興趣將自身收藏的公眾號和萬卷樓的公眾號進行比較，整理出一份課堂的心得及關於公眾號的回饋，在課堂中對老師提出了自己的意見。

會有這樣的回饋舉動，是因為在完成製作書訊的實務作業後，我發現商家使用微信公眾號最重要的一點是：「找到自身公眾號專屬的使用者並盡量去滿足他們的需求。」

　　舉例來說，公眾號的使用者大多身處在大陸，多數人是利用行動載具來閱讀最新的書訊、公告等內容。除了最基本的定時發布外，要以行動載具閱讀為準則，去進行編輯排版。我覺得，可以考慮在發布書訊時，提供人民幣的價格，免去感興趣的讀者，因為幣值差距而起的麻煩。更可以嘗試將字體轉換成簡體字，以期能夠讓使用者在閱讀書訊時，更加有親切感。藉此讓對萬卷樓出版的書籍有興趣的讀者，更直觀得到書籍的資訊。除了上述在製作和發布書訊時的一些小建議以外，我另外提出了關於功能方面的意見。

　　我認為可以在公眾號主頁的下方增加方便使用者的「自定義菜單」。在菜單部分做一些選擇性的選單，如：「推薦文書」、「推薦新書」、「關於我們」三項大菜單。

　　在「推薦文書」中，可以放上近三個月內發布的書訊內容以及過往發布的所有精選文章，方便使用者查找所需要的目標資訊。而「推薦新書」中，則可以將近幾月所整理出來的新書資訊，統整在此欄位中，滿足想要尋找新書的公眾號使用者。而最後的「關於我們」中，可以放入萬卷樓的簡介，以及其業務介紹與購買頁面，並且加上官方網頁的子菜單。讓需要聯繫，或想了解萬卷樓的使用者，可以輕鬆地獲取萬卷樓的基礎介紹和詳細的業務內容，以及最重要的聯繫和購買方式。

　　當初通過提出以上的回饋內容，只是希望萬卷樓的公

眾號除了發布與製作書訊以外，能夠增加公眾號功能上的多樣性。但讓我受寵若驚的是，張總編輯不僅接納了我的回饋，甚至讓我負責整個公眾號的設計與實踐。這對我來說是莫大的驚喜，這份信任是我非常不願意辜負的。

因此，我在空閒時間，不斷參考我曾經使用過的公眾號，或是參考微信的官方網頁研究公眾號的設計和實踐步驟，終於將萬卷樓公眾號過去發布過的內容進行了大概的統整，也成功將功能性的選單設置完成。

但除此之外，如何更有效地讓人關注到萬卷樓的微信平臺？這也是我所苦惱的問題。因此，我再次通過網路搜尋，了解到微信公眾號中「話題標籤」這項功能。經過我蒐集資料後所得出的理解，話題標籤簡單來說就是關鍵字、主題詞的意思。在文章中添加正確、相關的話題標籤後，可以大大地提升萬卷樓曾發布過的文章的曝光率；文章在增添話題標籤後，也會出現在此話題的話題廣場上，因此能被更多對此話題感興趣的讀者看到。此外，讀者也可以使用「微信搜一搜」的功能，搜索該話題關鍵詞，而帶有話題標籤的文章，就會被優先推薦給查詢話題的讀者。較大的提高文章曝光率，更有機會讓以往發布過的文章，重新獲得閱讀量。

在提出的方案通過後，我馬上開始著手實踐，希望盡快付諸實行，將想像中的功能創建出來，雖然在製作的過程中，偶而會遇到不如預期的突發情況，同時又礙於是線上的

實習，無法即時的聯絡到老師，最後只能靠著自己的摸索，一步步去找到解決的方法。好在是每次總能在最後關頭化險為夷，成功將我想要的效果呈現出來。

雖然，礙於我並非萬卷樓的正式員工，不方便讓我真正地登入公眾號進行修改。但我將研究、設計、以及製作的步驟詳細的列出成檔，完成了簡易的「萬卷樓公眾號設計步驟說明書」，期待老師可以通過我製作的檔案，了解整個過程應該如何去實行及操作。

在我提交任務後，馬上就收到了老師的回饋，不僅讚揚了我所製作的內容，還對我最後呈現的成果表示滿意，對於我而言，成功完成被指派的任務，當下真的有十分深刻的成就感湧上心頭。

這是我第一次以一人之力，從提出企劃，一直到實際實行完成的工作任務。不但圓滿完成，甚至得到了稱讚，這一份感動也將成為我未來職場生活上，乃至人生中非常重要的一劑強心針。

三　收穫

在這次實習工作開始之前，我曾給自己制定了一些實習目標，希望自己在課堂的進行以及任務實踐過程中，找到自己能夠脫穎而出的特色，這是我給自己設定的目標之一。

就像張總編輯所說：「尋找自己的方向，發揮自己的影響力。」而認識自己，就是完整自己的前一步，也是最關鍵的一步。

因此，首先我該做的，回憶自己過去的所有經歷，從中擷取讓我有所成長的各類事件，將這些事蹟一一紀錄在案，竭力去完善自己人生的履歷。其次，是通過這一次的實習經驗，找到自己在工作上的優缺點，進而去揚長避短，將自己的長處展現在工作過程中，提高工作的效率及完善工作的成果，在空閒時間則是應該補足自己的短處，不讓缺點成為我職場生活中的阻礙。

除了最基礎的自我認知外，在課堂中多次強調的「國際觀」也是讓自己在職場上能夠無往不利的重要觀念。其中，包括能夠在國際上順暢交流的優秀語言能力，以及自身需要擁有國際化的視野及視角等等能力。同時，也不應該輕易將自己局限成區域性的人員。反之，要將自己推往國際、推向海外，讓自己成為世界級的人才。

關於如何找到自己的特點，將其有效地發揚，成為自己身上獨一無二的武器，讓自己在職場上戰無不勝，這是每一個人在人生旅途中都會出現的關鍵問題。

因此，在這一次的實習過程中，除了掌握自己做得好的內容外，也要有不羞於請教的決心，在自己不擅長的部分多多請教前輩與同事，將自己當成一張白紙，將每一位參與

的同學都視為老師，在實習期間竭盡所能的填滿自己，將白紙上色，才能最大程度的提升實習效能，才能得到那一個關鍵的解答。

通過這次的實習，我漸漸能夠將學校所學的理論知識轉變成職場上工作任務的實踐，將過去所學的書上技巧與文字論述，最大效益的展現在工作過程中。

更重要的是，經過這次為期一個多月的實習，我深入地了解到自己目前在職場上有何不足之處，期望能夠在未來一年內，再次提升、充實自己，把現在發現的問題變成未來我的優勢，才能夠在畢業之際，在萬千畢業人才中脫穎而出，為自己未來的工作打下良好基礎。

四　結果

時至今日，從我親身開始接觸出版行業到現在也已經滿一個月。

當我抱持著對出版行業的幻想來到萬卷樓，這裡的編輯、老師們，細心的將我想得到的答案隱藏在一次次的課堂與一項項的任務之中。

在一步一步完成實習任務的同時，我們也早已將滿滿的經驗與收穫囊中。不知不覺間，通過課堂接觸到出版行業

的歷史、現在甚至是未來的發展。

　　終於，出版行業於我而言，已經不是虛無飄渺的一道虛影，而是許多人為了夢想、文化互相扶持、努力去打拼下來的一座文學江山。雖然為了成本及利益等等因素，終究難逃現實層面的考量，但萬卷樓仍然在最大程度的保持著創建時的理想，堅持著「發揚中華文化、普及文史知識、輔助國文教學」的核心價值，盡自己所能對兩岸的學術交流、文化推廣、國語文教學等領域，發揮自己的價值。這一點是讓人最深受感動的，因為萬卷樓不僅僅是一個商家，而是推動文化、傳承文化的重要角色，這樣的企業文化，是在二十一世紀電子、網路資源盛行的現在，在社會發展中不可或缺的重要理念。

　　這些待在萬卷樓的實習歲月，讓我學習到的不只是如何將課本理論轉化成實務實踐這樣基礎的道理。更多的是如何在現實中，實現自己最大的社會責任；如何在夢想與現實中，取得最佳的平衡點。這些彌足珍貴的道理，並不是學分或時數就可以去衡量兌換的。這一段實習之旅，真正讓我得到了超出想像的回憶與成果，絕對是我人生路途中不容錯過的一站。

未來人生與自我成就：
萬卷樓暑期實習的回顧與收穫

呂庭瑜
輔仁大學圖書資訊學系

一 疫情下的實習

在學校老師發下實習單位意願表時，我十分苦惱要選擇去哪個單位實習，經過上網搜尋各單位的相關資料與考量交通時間等問題，並參考歷年來各大學實習生的實習心得後，我決定填寫萬卷樓圖書公司作為我實習的第一志願。一方面是我對出版社的運作頗感興趣，另方面則是公司地點，對我而言，交通十分便利。

可惜的是，今年實習課程，由於受到新冠肺炎疫情突然爆發的影響，因此不像以往一樣能到萬卷樓公司實地實習。改採「線上實習」的方式，利用「Google Meet 視訊會議」以及「Google Classroom」來進行課程教學。雖然沒辦法實際到公司體驗職場工作，這點讓我略感失望外，但考慮到

新冠疫情的爆發時機，也不是能夠預測的，因此，只能接受這樣的改變。

即使無法前往公司現場實習，我仍然很期待「線上實習」的展開，更希望透過課程，能學各種有關出版產業的職場經驗與了解出版一本書背後所需要的工作與流程。而透過本次實習活動的安排，確實也讓我獲益良多。

課程利用「Google Classroom」平臺進行授課。

二　第一堂實習課

在上第一堂課以前，張晏瑞總編輯便在授課平臺發佈了我們的第一項作業，要我們寫下對這次實習有什麼樣的期待與想法，以及希望萬卷樓能為我們做什麼，還有我能為萬卷樓做什麼。

其中，讓我思考最久的題目就是：「我可以為萬卷樓做

什麼？」，因為從我個人的角度來看，身為一個普通的大學實習生，也只能做到盡力並準時完成萬卷樓所發佈的每一項任務，對公司的實際幫助並不大。

不過在正式開始上課之後，總編輯告訴我們，不要只侷限在完成實習工作上，而是要檢視自身擁有的其他能力來思考是否有哪些特長可以運用在與萬卷樓相關的工作上。像是如果會平面設計的話，可以試著製作一些書訊宣傳海報；如果會編輯影片，也可以幫忙剪輯活動影片。這些都可以使自己與他人相比，更加突出，也是讓自己在未來獲得更多機會或選擇的好方法。這個建議，讓我發覺自己能看到的角度可能過於狹窄，在職場前輩的建議下，換個角度，用更宏觀的視野來看，或許能發現以前從沒想過的可能性。

在第一堂課中，張晏瑞總編輯向我們說明本次實習主要採用任務制的方式，也就是由總編輯或其他萬卷樓的編輯發佈作業到授課平臺上，而我們則可自由利用時間在期限內完成作業。這是對於無法前往現場來說，最合適的實習方法，也能考驗自身的自制力與時間安排能力。

三　多元的課程內容

在萬卷樓實習的過程中，張晏瑞總編輯提供了各種不同面向的任務和課程讓我們完成並從中學習。包括：個人履

歷的撰寫、了解如何操作微信公眾號平臺與社群媒體、編輯與校對稿件實務教學、圖書出版產業的發展與現況、書籍的定價與宣傳方式、新思維建構與出版企畫、新技術運用、數位出版與數位典藏……等等。

（一）個人履歷撰寫

　　除了出版社本身相關業務之外，張晏瑞總編輯教導的「履歷書撰寫技巧」是我在本次實習中，最大的收穫之一。總編輯指導我們在寫履歷書上，不僅履歷文字風格應符合應徵企業的偏好，包括：字體、字型、排版等，都是影響企業對我們的印象關鍵之一。還有履歷是否需要放上照片，以及自傳的結構和履歷內容的用詞等，都有別於原本我們的想法。此外，總編強調不要使用求職網站的制式履歷格式，以免讓人感到隨便……等等。這些都是張晏瑞總編輯多年以來職場工作的經驗，非常感謝總編輯願意在課程中，無私的與我們分享。對我來說，這些都是十分寶貴的新知，讓我對個人的履歷書的撰寫，有較清楚的概念，並且在未來求職時，能盡量避免踩到雷區。

（二）微信公眾號製作

　　此外，由許雅琇編輯指導我們的「微信公眾號使用教學」課程，也讓我了解到許多關於社群編輯的工作內容。由於並沒有使用微信這個通訊軟體的習慣，我對微信的了解

並不多，只知道是多數大陸朋友日常習慣使用的通訊軟體之一。經過這次課程，我才知道原來微信還有公眾號這個功能，是萬卷樓主要發布書籍資訊的官方管道之一。

藉由萬卷樓實習的機會，有幸讓我接觸到公眾號的後臺，並且了解如何分析後臺數據，還有編輯且上傳文章與前臺功能規劃等等。這些都是我們平常無法接觸到的內容，我也從這堂課中，了解到圖書銷往大陸的通路，該如何使用社群平臺宣傳。以及圖書出口大陸，跟臺灣相比，有哪些禁忌需要注意。在課後作業上，非常感謝雅琇編輯幫忙檢查，並告訴我該如何修正公眾號的書訊內容，以及一些編輯技巧。這部分，讓我收穫頗豐。

（三）稿件校對實作

實習過程中，總編安排了一堂校對稿件的任務，來讓我們嘗試自己校對文章。校對工作，跟我想像中的「改錯字」不同。校對除了要修正錯誤的文字以外，還要依文章邏輯來找出是否有不符合語氣或文意的地方。這是一個需要非常細心，且有耐心的工作。總編輯也告訴我們，目前做的只是基礎階段，再進階一點的校對工作，有時候必須親自和作者本人討論，如何讓文章整體讀起來更加流暢。因此，原本以為枯燥的校對工作，竟然也是一個需要溝通的工作。這比我一開始想像的「改錯字」更複雜了許多。

（四）書籍行銷宣傳

在書籍行銷宣傳與定價方式這堂課，主要講解書籍的行銷宣傳和定價方式，以及對之前公眾號後臺實際操作的檢討與反思。從之前的課程中，我們了解到萬卷樓在大陸的訊息分享平臺，主要是利用微信公眾號發布。總編輯在這節課中，引導我們思考：微信公眾號除了發布一般的書訊之外，是否有其他更有效的方法，讓商品擴大市場，增加曝光度。並要我們參考他人經驗，想想自己能怎麼做。這種強迫思考的方式，讓對於行銷一竅不通的我，有了不少收穫。

（五）作業的回顧與說明

在這堂課中，總編輯同時也對上次的校對作業，做了一個檢討與問題釐清。包括「大陸用詞」是否應該改成「臺灣用語」，以及遇到不確定如何修改文句時，該怎麼處理等等。這種作業的檢討，與經驗分享，解答了我在校對過程中，所產生的一些問題。此外，總編輯也講解了在上一堂課，分組發布套書細目整理作業的用意與目的。主要是為了解決花木蘭出版社的套書，在出版後期，面對銷售疲弱的問題，尋求突破和解決的方法。總編提出的解方是，化整為零，並往更大的市場推廣。以零售的方式，讓個人讀者可以購買，運用長尾理論的方式，讓少數的讀者，可以便捷地找到冷門的圖書。這使我親身經歷了一場，銷售活動的準備工作。

（六）期待和需求的滿足

此外，在第一堂課時，張晏瑞總編輯與我們每一個人進行視訊對話，希望可以了解每個人這次實習想從萬卷樓獲得哪些東西。我當時跟總編輯說，雖然因為疫情爆發而不得已採用線上實習的方式，但仍然希望可以像往期的現場實習一樣，了解到與出版社相關的其他企業的工作流程。例如：印刷廠、其他出版社等。總編輯在之後的課堂中，找了印刷廠的工作流程影片，讓我們了解相關印刷工作的流程與實況。儘管無法實地去參訪，但總編輯找的影片，內容講解都非常地詳細，確實讓我了解一本書的印刷，應該經過哪些程序。同時，也可以藉由影片的介紹，知道更多不同的印刷技術。非常感謝總編輯的用心。

張晏瑞總編輯透過影片講解書籍印刷的流程。

四 數位典藏與數位出版

整個實習課程中，讓我最印象深刻的課程，莫過於數位典藏與數位出版的發展這堂課。由於在學校也聽過一點關於數位典藏與出版的課程，所以我對此頗有興趣。

（一）數位典藏

在課堂正式開始時，總編輯先詢問我們認為數位典藏的目的是什麼？和數位典藏最需要什麼？依照我在學校上課所學，我認為是為了長期保存現實或非現實的資料，利用數位科技技術詮釋，藉由網際網路傳播給各個使用者利用。而對於「數位典藏最需要的東西是什麼？」這個問題，有其他一同實習的同學回答：最需要的是「錢」和「技術」。因為要保存資料，必定需要定期維護的資金與技術。我認同他的回答。總編輯在引導大家思考之後，總結歸納，向我們說明臺灣在數位典藏方面，有哪些衝突與問題，讓我了解到臺灣在數位典藏發展過程中，前期工作為何效果不彰。

這堂課，總編輯從臺灣古籍數位化發展的歷程，帶領我們切入說明。早期數位典藏，是從對此領域有興趣的個人研究者，開始自己摸索。接著，才由有組織的研究單位，進行古籍數位化計畫。例如：中央研究院的「史籍自動化計畫」、「古籍全文資料庫」和國家圖書館的「數位典藏計畫」

等。再來，則有不少大學機構也跟進參與，還有宗教的力量接續發展。像是：CBATA 中華電子佛典協會等。讓我了解到除了中央機構之外，還有許多民間組織，對數位典藏的發展，投入心力。但可惜的是有一部份的數位化計畫，因為沒有長期的規劃，且無法貼近民眾的生活，沒機會讓大眾加值運用。導致這些計畫，最後都被迫關站。

所以，數位典藏是一項長期發展的工作，必須要有完善的規劃，以及長期的資金支持，並且從中培養出優秀的數典人才。同時，讓數位典藏對象的後設資料詮釋更加完善，則是未來能夠讓民眾順利運用的重要工作，這也是數位典藏工作成功與否的重要關鍵之一。

（二）數位出版

臺灣數位出版的發展，要從二〇〇九年，行政院新聞局提出的「點火計畫」開始說起。因為，二〇〇七年在亞馬遜推出的電子閱讀器「Kindle」，在歐美國家掀起了一股電子書的熱潮，許多新聞和報導，都表示電子書是出版產業未來的發展，其產值極具前景。臺灣政府也希望跟上世界潮流，在這波熱潮的推動下，提出了數位出版「點火計畫」的想法。由行政院指示經濟部、教育部以及新聞局共同擬定電子書產業的行動方案，從教科書與圖書館電子化著手，期望能在二〇一三年，讓電子書產值達到千億元。

　　但遺憾的是這個計畫的結果並不是太理想，因為時機未臻成熟，且執行上過於粗糙，所以整體看起來是失敗的。時機不成熟的原因在於：當時閱讀電子書的行動裝置並不普及，且缺少販售電子書的平臺，出版商推出的電子書內容很少，無法滿足大眾閱讀的需求。在缺乏裝置、平臺、內容的情況下，難以達成計畫發展的初衷。

　　但雖著點火計畫的結束，也打開了臺灣數位出版競逐時代的大門。從之後國家圖書館的「期刊篇目索引系統」開始，民間的凌網科技也開發了「HyRead 臺灣全文資料庫」，華藝數位則推出「CEPS 中文電子期刊資料庫」，臺灣數位出版的推動，就從這裡開始起步走。

　　就目前的發展看來，數位出版無疑會逐漸成為未來的閱讀主流。電子書會慢慢取代紙本，成為主流的閱讀內容。但讀者對紙本書仍然有需求，紙本書籍並不會完全消失。加上網路知識傳播逐漸發達，網路書店成為主流，許多內容已經無法像過去印刷大量紙本書籍的方式來進行推廣銷售。

　　在出版產業的轉型上，必須積極面對千年以來傳統書籍出版的改變。數位時代，有許多孩童從小就開始使用電子設備。當這些孩童長大後，他們對電子書的情感與依賴，必定比我們深刻。隨著人類接觸書籍的第一印象改變為數位載具時，紙本書被取代的時代，也即將到來。所以，在這樣的情況下，出版社一定要去爭取所謂的數位版權。

　　總編輯也與我們講解面對數位時代，未來的出版產業會有哪些改變。像是部分期刊與電子雜誌的銷售方式，也有可能突破，從整本出售，改為單篇內容的零售；出版邁向多媒體的型態，採用複合式的方式呈現；在圖書出版上，從平面、靜態，轉為立體、動態；此外，隨折個人語意平臺的發展，個人出版時代來臨，以及公藏單位的轉型與調整⋯⋯，都可以看到出版產業將有大幅度的變動。該如何適應數位典藏與出版的改變，將是我們未來的一大挑戰。

張晏瑞總編輯與我們分析電子書載具成像的特性。

五　結語

　　雖然實習僅有短短的幾個禮拜，但卻使我有滿載的收穫。在實習的過程中，不論是課堂中講述的內容，亦或上課

平臺所發布的任務，都讓我學到許多。

　　總編輯所教導我們的不僅僅是業務上的內容，還包括在職場與工作上的各種經驗談。從投遞履歷到該如何適應新入職的工作，以及工作應抱持的態度與該如何和客戶交流，也告訴我們在這個時代擁有多元的能力與寬廣的國際視野是非常重要的。因為我們不可能永遠因為疫情影響而與世界隔離，不管是具備跨領域能力或是良好的國際視野，這些都能讓未來的職涯發展，有更多的機會。不論未來是否會進入出版業界工作，這些收穫都能用在各個不同的領域。

　　經過這次實習，也讓我了解到自身還有不足的地方要去精進，但也使我更堅定自己未來想走的人生道路與想成就的自我。非常感謝萬卷樓在這幾個禮拜所提供的指導與花費的心力，也感謝輔仁大學李明主任與小童助教為我們打點實習需要辦理的手續與解答各項疑惑。這次的實習經驗，無疑是打下我個人成長與進步的一塊基石。

　　最後，也期許自己，能抱持著當下的心態，努力向前，走上未來屬於自己的人生道路。

圖書出版產業的現況與未來

謝家榆
輔仁大學圖書資訊學系

一　書的旅行

一本書的誕生是源於出版社的規劃和印刷廠的印製，印刷完成後，書的生命之旅，也拉開了序幕。

相信大家對二〇一七年風靡全球的《旅行青蛙》這款手機遊戲有印象。這款遊戲最令人著迷的地方在於，玩家不知道自己的青蛙兒子什麼時候會結束旅行返家，所以終日殷殷期盼地望著手機，深怕錯過迎接牠歸來的時刻。

其實，書籍的旅行也跟遊戲中的青蛙類似，只不過我們更像晚娘面孔。因為，我們終日期盼的不是書籍的歸來，而是它的離開。深怕錯過的，不是迎接書籍回到公司的時刻，而是看到書籍賣到讀者手中的霎那。

為什麼明明都是對待珍視的對象，態度卻有如此大的區別呢？這個原因就要從書籍旅行的過程開始說起。

　　一本書從印刷廠出來後，第一個前往的地點是出版社的倉庫，而後是前往經銷商的倉庫，可能會是大經銷商及小經銷商，至於為何沒有中經銷商？則是由於大經銷商擁有強大的銷售能力與成本優勢，可以佔領更多的市場，進而吞食掉中經銷商的客戶，導致中經銷商無法繼續經營。

　　書籍從經銷商出來後，便會到它一生中最為重要的地點，也就是我們所熟知的書店，它一生成敗的關鍵就在於此。因為，在那裡它才有機會嶄露頭角，釋放它的光芒得到買家的青睞，達成傳遞、延續資訊這項畢生的任務。

　　但是，若它失敗了，我們則要迎接最不願意面對的結局！它會被書店退回經銷商，若再賣不出去，會再從經銷商退回出版社倉庫，直到倉庫爆滿的那天，也就是它生命終結的日子。它將面臨被送去廢紙廠報廢的命運，為它慘澹的生命畫上一個休止符。

　　對於出版社而言，親眼、親手將自己的寶貴心血結晶抹滅，已經是令人感到不勝唏噓的狀況，但更加悲慘的還在後頭，伴隨著這些滯銷產品所帶來的一層又一層的運輸和倉儲費用，以及倉庫所剩無幾的空間壓力，才是讓出版社最喘不過氣的主要原因。

　　就如同張老師所言，書籍的定價是固定的，經過越多層次的銷售，需要付出的費用也就越多，這也意味著所獲得

的利潤就會越低,在這樣的情況下,若是產品還滯銷,那光是倉儲費用可能就會將剩餘的利潤消耗殆盡。

除此之外,這些滯銷庫存還需要佔用倉庫的空間,等到倉庫裝不下的時候,就只剩兩種方案可做處理:

一種方式是到廢紙廠進行報廢,但這無疑是一種非常浪費的行為,因為這些庫存若是保留下來,說不定未來某一天能夠銷售出去,所回收之利潤雖然不多,不過不無小補,至少還或多或少能補貼一些花費。但若是進行報廢,也就代表所付出之具體成本及隱藏成本再無機會能夠回收,只能認清虧損的事實。

另一種方式則是再租一間倉庫存放這些滯銷的書籍,雖然這種方式能夠有效解決空間不足的問題,但要實施此方法需要投入大量的金錢,不光是倉庫本身的租金,還有維修、倉管、人員等的諸多費用問題。因此,這種方式除了腰纏萬貫的大出版社可以實行外,對於眾多中小型的出版社而言,此舉無疑會直接壓垮他們辛苦經營的一切。

因此,要如何解決如此棘手的狀況,就會是眾多出版社需要去考量、深思的一大難題。在這個部分張老師提供了一個他嘗試過的方法,就是針對書籍旅行循環中會經過的大、小經銷商部分進行改變。

如何改變呢?張老師提出一個大膽的想法,便是降低

經銷商角色的重要性，最好能夠直接將書籍從出版社送到所需要的讀者手中。

如此一來，不僅為出版社省去發行過程中，被大、小經銷商剝削的機會，並且降低物流來回運輸的費用。還能提供較好的折扣回饋讀者，並且提高銷售的利潤。因為，減少層層經銷的成本，可以創造更多獲利的空間。

二　臺灣出版產業的現況

在探討如何解決問題前，首先我們應該先掌控它的背景，也就是分析臺灣出版產業的大致情勢走向。臺灣出版產業目前所面臨的局勢約略可分為四個面向：

第一個面向，是閱讀人口、出版人才流失的情形。

在這一面向，又能細分為閱讀人口下降以及專業人才不足。閱讀人口下降的主要原因有兩點：第一點，是臺灣已經邁入少子化的階段，表示新的閱讀人口產生的速度，在逐漸下滑；第二點，是受到全球化的影響，知識分子外移就業，導致閱讀人口的流失。專業人才不足的主要原因也有兩點：第一點，是受到全球影視產業的影響，臺灣出版社開始以國外翻譯作品為主要出版的對象，導致本土創作人才流失；第二點，是大多數人在求學階段中，從未接觸過編輯、企劃相關課程。導致出版社人才不足，並且缺乏正統編輯訓練。

第二個面向，是整體產業結構的蛻變。

這一部分主要是有關於出版行業隨著時間的推移所要面對的狀況，總共可分為兩點：

第一點是全國性發行商持續擴張客戶版圖，導致區域型發行商的生存空間減少，就像是上述曾提及的大經銷商與中經銷商一般。由於大經銷商蠶食到中經銷商的客源，是以中經銷商可開拓的市場減少，也就造就了中經銷商逐漸消失的狀況。

第二點是在臺灣連鎖書店數量保持著穩定的成長，像是金石堂、墊腳石、誠品等我們耳熟能詳的連鎖書店，但獨立書店卻是在持續的沒落中，因為不論是規模、市佔率、書籍價格、廣告宣傳或商品多樣性等，連鎖書店都擁有相對的優勢，也因此衝擊到獨立書店的生存空間。

第三個面向，是國內市場的惡性競爭。

這一部分主要是出版社無所不用其極，為了銷售自家出版品所導致的惡性循環。此狀況算是結合上述種種因素影響所產生出的一種漸進式過程。

首先，因為國內的閱讀人口數下滑，圖書市場逐漸萎縮，所以出版社開始以大量出版新書的方式，來刺激民眾消費。這也造成了出版書籍供過於求，新書壽命從原先的一年

變為半年，最後只剩三個月的窘境。在市場上的時間變少，也就表示滯銷的可能性提升。

但這還不是最嚴重的結果，前述有提到出版市場已經供過於求，所以出版社為了賣出自家的出版品，勢必會以促銷、打折作為提高買氣的方式，進而使整個出版產業開始低價競爭。想當然耳，壓低書籍的價格，會使出版社少了回收的利潤，大出版社書籍數量龐大，市場占有率高，尚且能夠支持。但對於多數中小型出版社而言，可就沒有那麼簡單了。本身出版品種類及數量可能不多，獲利空間本來就小。現在又面臨同業的削價競爭，讓原本已經非常微薄的利潤，變得更加微乎其微。

第四個面向，是海外市場開放不如預期。

這時或許某些出版社已經意識到，國內的市場已經萎縮到沒有他們能夠立足的空間了，因此他們將目光望向海外的市場。但要成功，往往相當不易，因為海外市場的開放空間是有限的，要如何配送、銷售，並且配合當地的規範，就會是另一項需要克服的困境了。

三　轉型契機

分析上述種種困境所導致的結果，對出版產業影響較大的是第一和第三面向的局勢發展。

　　再做進一步的探討，便能夠發現，造成此種問題的主因在於閱讀人口持續地下滑，然而出版社卻為了刺激買氣，不斷地大量出版新書，導致市場上的圖書供過於求，致使出版社就只能以削價進行競爭。

　　這樣的惡性循環又該如何擺脫呢？張老師對此提出了創新的想法，就是對圖書出版做精準的掌控！也就是不能繼續以傳統印刷，大量生產後，期待未來銷售，為主要出版營銷的模式。因為此種模式在面對這種變動時代和閱讀市場，就如同賭博一般，只能期待，又會被傷害，無法勝券在握！是以勢必需要做出轉型的調整。

　　此時，創新的數位印刷技術導入，就成為迫在眉睫之事。因為此種技術能夠少量印製出版品，降低新書出版的成本，並且單價固定，有利於出版社進行效益上的評估，進而有效地控制庫存數量，將省下的成本投入其他業務或出版更多樣化的商品，為出版社開發其他的附加價值。

　　除此之外，在解決出版數量過多的根本問題後，出版社就可以針對其他環節的困境做出一些改進，像是可以結合網路電商，導入直效行銷，將書籍直接送到客戶手中。

　　如此一來，不僅能夠避免經銷商的層層剝削，提高銷售獲利，以及降低物流費用的支出，還能減少店頭門市的鋪貨數量，並且藉由直接與客戶接觸，提供優質且快速的服

務，達到鞏固客源的效果。

不過，張老師有提到現階段還不能完全將出版之圖書完全轉移至蝦皮、露天、雅虎拍賣這種電子商務平臺上販售，仍是要將商品放上金石堂、博客來、讀冊等這種圖書類型的電子商務平臺。雖說這些大型電子平臺會要求以較低的價格購入出版品，而且出版社通常也沒有可以討價還價的空間，但還是必須要考量到出版社與圖書經銷商之間的互利關係，以及大多數買家有購書需求時，仍是習慣使用這些平臺進行消費等現狀做出調整。同時在兩種不同類型的平臺上架出版品，並且在能夠在直接接觸賣家的平臺上，提供更多的折扣，讓買家有更豐富的選擇，也讓出版社擁有更多的獲利機會。

最後，張老師談及目前對於出版品轉型的想法，是因應科技的進步，將書籍結合數位出版，以紙本與電子兩種版本進行出版。不過可能許多人都會有疑問，擔心電子書與紙本書同時發行，會不會使買家開始選擇較為便利的電子書，進而導致紙本書的銷量下滑。這部分張老師給予否定的回答，他向我們說明，由於萬卷樓出版之書籍大多都是專業學術書，所以就算買家一開始是購買電子書的版本，最後也會因為電子書不易劃記、註明內容等缺點，回去選購紙本書的版本，因此這種方式不僅能讓買家擁有更多樣化的選擇，還能夠刺激買氣，增加圖書銷售的可能性。

四 數位印刷與傳統印刷

上述提到目前出版產業想藉由數位印刷來進行轉型，那所謂的數位印刷究竟是如何運作，與傳統印刷又有什麼差別呢？

這部分可以先由數位印刷的機臺開始介紹起，其實數位印刷的機臺對於所有人而言應該都不陌生，我們生活中常見的印表機就是一種以數位方式印刷的機臺，只不過運用來印製出版品的機臺功能更為豐富、體積也較為龐大外，在原理方面可說是並無太大的不同。

至於數位印刷的運作過程，總共包含六項流程，有電腦落版、數位輸出、封面上光、封面壓線、裝訂、修邊等，與傳統印刷的十項流程——接稿、編修、落版、打樣、製版、整紙、印刷、裝訂、裁邊、完稿相比，最大的差別在於數位印刷不需要有製版的過程，因此可以省下這筆費用，降低印刷的成本，並且由於無需製版，所以可以按照自己的需求決定印刷的數量，不再需要印製大量的書籍以壓低印刷的成本，而且，因為數位印刷是使用電腦製版，是以可以隨意變動文件列印，所受到的限制也就變小了。

既然數位印刷比起傳統印刷擁有更多的優點，照理來說應該整個出版產業都已經進行轉型了，沒有需要討論的

空間，但現實往往沒有那麼美好，數位印刷若是用來印製黑白的內容，是沒有什麼問題的，但若要印製彩色的內容，以目前數位印刷的技術還是比不上傳統印刷方式，因為即使我們在電腦上選擇了 CMYK 的印刷色彩，電腦螢幕還是以 RGB 成像，因此相同的圖片，在電腦螢幕上顯示的成像與實際印出的成品還是會有一定的色差，這部分也是數位印刷在現階段還未完全普及的主要原因之一。

五　未來發展願景

雖說目前數位印刷模式還未能完全取代傳統印刷的地位。但科技發展迅速的現今，在我們可以預見的未來中，數位印刷的缺點一定會被克服，並且成本勢必也會再往下降。如此一來，數位印刷結合數位出版，相信一定能夠對目前的臺灣的出版市場產生良性的影響及轉變。

此外，張老師提到除了將書籍以紙本與數位的方式呈現外，也應該考慮為書籍加入一些互動效果。像是可以建立多媒體內容，或是導入新穎的虛擬實境的技術，讓書籍的呈現不單單僅侷限於文字的框架，而是利用不同的技術帶給讀者更豐富的閱讀感受，進而使出版社朝向多元化、多角度、有創意的經營模式，吸引更多不同的客源，進而拓展業務範疇，多角化經營，分散投資以達到降低風險的效果，而非拘泥於傳統路線，坐以待斃，等著被時代、市場淘汰。

六　致謝

　　最後，非常感謝萬卷樓給予我如此寶貴的實習經驗，雖說今年因為疫情的影響，損失了實際參訪的體驗，不過，透過張老師為我們精心安排的課程和實作練習，反而讓我能以更全面的角度與更宏觀的視野去認識整個出版行業。

　　此外，萬卷樓還提供一個能夠把我們所思所想出版成書的機會，使我可以將所有從實習過程中得到的收穫轉化為文字記錄下來，讓這些回憶不被時間遺忘，也使我得以同時站在撰稿者與編輯者的角度去了解、經歷一本書出版的過程，不再只是徒託空言。

　　暑期實習的一切，對我而言，勢必會是個難忘的回憶。再次感謝萬卷樓的所有人，沒有你們，我是不可能擁有如此豐富的體驗，願我們都能持續地成長，有個美好的未來。

出版企劃力與履歷撰寫

陳映潔
中央大學中國文學系

一 前言

打造自己人生的企劃書，首先需要思考、尋找自己想從事、前往的人生方向進行規劃，才能在撰寫企劃書、投履歷，甚至是自己有不一樣的機會時，知道自己想選擇什麼？該選擇什麼？這些都要在心中有一把自己的尺，度量後才能選擇。因為不只是自己未來選擇的職業，自己所選擇的職場、公司環境也與人生的方向密切相關。

老師以自己的經驗為例，說明了職場履歷的撰寫方向，也講述了自己的選擇，有關萬卷樓的理念方向，還有工作職務與未來規劃的關係。將來出社會必須要考量到的不僅是我要從事甚麼樣的職業？還要注意職場環境！

所以出版社的理念、書的出版企畫方向都是可以應用在投履歷，找工作時，可以參考注意的要點。

　　許多中文人，甚至不僅是中文人的應屆畢業生中，多數人會選擇準備高普考，從事穩定的工作。畢業後，便去做公務人員。但是，公務人員這個「鐵飯碗」是否真的就是穩定的工作呢？中文人的優勢又在哪裡呢？晏瑞老師告訴我們，中文人在學習上，結合知識與技術，便是自己可以發揮的能力。

　　而這些能力，與非中文人的區別，便是文字表現能力，而可以深層發展的還不僅止於此。如果結合企劃思維，能展現出的能力，便可超過同期沒有準備的社會新鮮人。所以，中文人的企劃力就是產業即戰力。因為在中文系學習到的必修知識較於學術，雖然多數文字表現力較好，卻不像技術一樣可以直觀地判斷出適用性，因此培養企劃力並且善加運用可以為未來的能力添上一筆，讓自己更具優勢。

　　在學校，也有很多老師強調企劃與受眾的重要性。但是，在學校我總運用在寫作或是一般的活動企劃，沒有將履歷與企劃的思維方向結合在一起。這次實習的課程，讓我有了新的想法與收穫。

二　出版企劃力

　　而在撰寫履歷之前，應該考量、運用的便是企劃力。所以老師便從分析與講解出版企劃書切入。

　　企劃出版書的文案撰寫有四個要素：緣起目的、內容方法、客觀分析、時間費用。掌握這些撰寫企劃書撰寫的四個要素，再加上其他的企劃核心相結合，便能讓預計要出版著作的企劃案，有被認同的可能。

　　緣起目的看似不重要，但這說明了自己為什麼要企劃出版這本書，是這企劃的根源。因為若沒有出版的來源意義，又如何能說服老闆？

　　內容方法以我的理解來看，就是整個企劃時程、所需人力工作、要聯繫的業務等內容。

　　客觀分析則是俗稱的 SWOT 分析表，可以呈現出企劃的優勢所在，並另外客觀說明其中的劣勢，同時又提出其中的轉機與應對方法。嚴格來說，客觀分析並不客觀，主要是可以讓自己的企劃看起來考慮全面、不論可能發生的正負面結果，最終都能有解決方案，也就是說，「客觀分析」是展現優勢與考量全面性的一個分析表格。

　　而最後讓投資方、老闆最重視的便是成本。不論時間還是金錢，可以把成本控制得低一點，又能達成緣起目提到的目標，甚至能達到最大的效益的話是最能吸引投資的，當然也需要投資方的資金來源，才能推行出版書企劃。所以時間費用便也是企劃不可或缺的的要素之一。

　　與上述四要素相結合的出版企劃核心關鍵，就是行銷

規劃。行銷規劃其中需要關注的重點有：市場區隔、目標對象、產品定位還有價格策略。

市場區隔又下分成三個點：藍海策略、紫牛商品和創新模式。為了讓企劃要出版的書有別於市場上的其他書，使投資者能看重這個企劃，也能在行銷方面展現出特別的，吸引買家的特點，企劃需要開發出不同性質的面向與特點，避開競爭對產品造成的影響，甚至是開發出新需求，找出新的方向，並提高客戶獲得的性價比；降低成本。另外，產品定位加上價格定位也十分重要，因為這會直接影響到這本書的客群。像是老師以三本古文觀止來引起思考，說明了面對不同客群所需要的封面特質、價格定位又有所不同。

因此，出版的企劃書，簡單來說，要考慮的要點便是行銷規劃的這幾個面向。

三　履歷撰寫與面試技巧

要提升出版企劃書的不可或缺性，就需要找出有別於其他同類型、同性質產品中沒有被別人發現、開發的要點，強調其中的特色差異，最終才能讓客戶與老闆注意到這項企劃需要被執行的理由。

同樣的，履歷撰寫也是相同的道理。需要強調自己有別於他人的優勢，還要展現自己的特殊性，讓老闆覺得自己

是不可或缺的人才，或是可培育的對象。

　　要達到這樣的目的，一份獨特的履歷表就很重要。因為負責招聘的主管，可能會收到數百封履歷，如何脫穎而出，就很重要。如果要寫自傳的話，用簡短的文字，精煉地列出自己的特質與能力，讓主管快速掌握是很重要的。

　　履歷中是否要添加照片，又是另一個問題。其實與自傳一樣都是因人而異。但是若有添加，則需要切合所投的公司、職位的形象，而且要確定添加後是加分項，而不是會使主管覺得格外普通甚至是觀感不佳的反作用，不然還是不添加為好。

　　若是在求職網上已經投過履歷，可以另外寄一份自己準備的履歷給人事主管，加深自己的積極等層面的印象。在實際面試時，不一定要穿著西裝或正裝，只要是大方而不隨便的穿著即可，應答要確實，不要話說太滿，也不要不懂裝懂，以得體的態度面對面試官。面試後約一個禮拜，還可以致電到公司確認，不僅能展現出自己的積極性，也能把自從各個類似的履歷中脫穎而出，增加錄取的可能性。

　　若是沒有面試機會，或是最終沒被錄取，也可以打電話請益，了解不符合資格的原因，並向對方表示：未來有機會，仍希望可以到公司服務的意願，禮貌表達自己的態度。

四　結論

　　這些將出版企劃的思維，結合履歷、面試的觀念，都是過去我所不曾思考過的方向。但是，出社會的第一關，便是投履歷與面試。因此，若是能從強調差異化，和特殊性的角度，去思考撰寫履歷的方向，往往可以讓自己的履歷，在眾多的履歷堆中，脫穎而出。讓自己與他人區別開來，凸顯自己的優勢，便可能有更多機會。以企劃的模式來撰寫履歷，也能訓練自己的企劃力。而也由於這次學習認識，我對「中文人的企劃力就是產業即戰力」這番話，深有體會，也加深了我對企劃重要性的認知。

那年盛夏，我從橋上走過：
萬卷樓暑期實習的心路與分享

鄭涵月
金門大學華語文學系

一　前言

　　火傘高張、暑氣蒸人的二〇二一暑期，我有幸獲得萬卷樓的實習機會，得以一窺出版社的工作樣態。在疫情肆虐的今年，許多工作都需要靠著網路來進行。因此，這次「隔著螢幕」的實習，對於萬卷樓以及我們這群實習生來說，都是一個很新奇、很特別的體驗。

　　在進入萬卷樓實習前，出版產業對我來說，一直是相當感興趣的行業。更進一步的接觸後，才了解到，一位出版社的編輯，業務範圍之廣，可說是包羅萬象。其中，最讓我有所感觸的是：身為一位編輯，需要具備高超的溝通能力這件事。好的編輯能夠透過與作者之間的溝通，讓作者了解出版流程相關的工作，進而讓編輯工作得以順利進行。

除了和其他同學共同擁有的回憶，例如：社群媒體公眾號製作、《國文天地》雜誌文章校對之外，我還參與了萬卷樓的其它業務，充實了我的整個夏天。

以下依序分享我在這個暑期中，特別的收穫與心得，分別是：一、范增平教授監製茶葉廣告設計。二、第八屆龍少年文學獎線上頒獎典禮影片製作。三、本書的封面設計。

二　范增平教授監製茶葉廣告設計心得

在一個月黑風高的夜晚，手機頁面忽然彈出下面一則訊息：「新作業：茶葉廣告設計」，由我和另一位負責文案的張娓兒同學共同進行海報製作。

因為喜歡繪畫和手作，我經常擔任校內的美宣職務。在過往的經歷中，往往是獨立完成活動海報設計等的創作。這種需要與作者溝通，滿足對方需求的工作，是我首次接觸的。同時，這也是我第一次進行「商業海報」的設計。因為經驗不足的關係，讓我感到有點緊張而且不安。

一開始接到工作後，我立刻上網查詢了許多關於茶葉的相關資訊，馬上展開海報樣張的設計工作。雖然很積極，但是忽略了，我們應該與此次的合作對象范增平老師，先進行溝通商討，了解對方的需求，再進行創作。與此同時，因為不熟悉的關係，也踟躕於該如何向老師提問？該如何撰

寫文案？該如何揀選可用的素材？諸如此類的問題，如雨後春筍般浮現，讓我感到十分茫然，不知該從何下手。

在接收到這份任務的一周後，老師開始針對我們的茶葉廣告設計工作提出建議，尤其是分享在出版行業中，如何與作者進行平面設計溝通的經驗。這對我們來說，是非常重要且寶貴的經驗。

而在老師們的引導下，我們漸漸掌握到這些溝通技巧。了解老師所說的：「一個有經驗的編輯，會與作者溝通，引導作者提出他所希望呈現的效果與想法。整理完作者的想法後，再與美編溝通，擔任作者與美編雙方的溝通橋樑，讓雙方能夠順利地完成想法的對接，獲得彼此滿意的成果。」

這次的茶葉廣告設計工作中，總編並沒有安排這樣一位編輯來協助進行，而是將一個實際委託公司的業務，交到我們手上。我與娓兒都是沒有經驗的學生，接到工作的當下，只能面面相覷，不知該如何是好。

在摸不著頭緒的情況下，我的想法是，多做幾個樣張，總有一個是老師會滿意的吧！殊不知這樣的做法，其實非常不符合經濟效益。因為，其中的時間成本，所費不貲。

經過老師的指導，我們掌握到流程與方法。首先，我們必須先了解工作的內容，並且先與客戶作好溝通，了解客戶期待的風格。溝通的過程中，為了讓抽象的意象，變成具象

的討論。老師建議我們，可以找一些現有的廣告，提供作者參考，並且從中挑選、確認出作者所希望的風格，以及相關元素。接著，先擬好文案草稿，再與客戶確認、協調，將文案內容確定下來。確認設計風格與文案後，再開始著手進行海報的排版與設計。這樣一來，既可以避免時間的浪費，也能讓我們在充分了解客戶的需求下，加快工作的進度。透過充分的討論，也能夠盡量避免雙方在溝通上的不足，造成客戶不滿意，卻又不知如何描述的窘境。因此，透過這次的作業經驗，讓我了解到，在設計工作上，有效的溝通，可以讓彼此的合作更愉快。

我一直在想，為什麼不一開始就先告訴我們怎麼作？或是安排一位編輯，來引導協助我們呢？事後我終於了解，如果凡事老師都先安排好，讓我們去進行的話，就不會有這麼真實而且深刻的體驗了。

因此，很感謝萬卷樓的信任，讓我們有這個機會，直接接觸客戶，並完成這樣的工作。也很謝謝張晏瑞老師以及許雅琇老師的幫忙，讓我們得以從中學習、成長，更了解編輯這個工作的特殊性和重要性。

三 第八屆龍少年文學獎線上頒獎典禮影片

「龍少年文學獎」是為兩岸四地中學生所舉辦的文學

創作競賽，已經連續舉辦七屆，今年是第八屆。因為疫情的關係，原先實體的頒獎典禮，只能改為線上舉辦。由獲獎同學、老師分別錄製感言，最後集結成一部影片，以便在線上直播。

由於我擅長影音剪輯軟體的操作，因此主動爭取了這個任務來進行。沒想到，這是一份讓我花費大量精力的工作，卻也是成就感最多的工作。

影片製作初期遇到的第一個的問題，就是軟體該用哪一款比較好？原本打算使用較為熟悉的威力導演，畢竟那是我曾經用過的軟體，在操作上應該會比較得心應手。但是，在剪輯文學獎的影片素材時，才發現「免費軟體」最大的困擾，便是無法去除的浮水印，以及完稿後，會有畫質限制的問題。之前使用的版本，是他人已經付費升級過的，因此沒有發現這個狀況。而且，功能上也是免費軟體，難以望其項背的。

為了節省經費，我嘗試過非常多的軟體，希望能夠在不花錢的情況下，解決這個問題。例如：威力導演、Beecut、Renee Video……等等。但是，免費軟體都各有優缺點，難以一次性完成整個影片的剪輯製作。

經過多方嘗試後，我想到了一個解決辦法！就是將不同類型的工作，分開用不同軟體處理。過程中，我分別運用

了 PowerPoint、Openshot，以及手機剪輯軟體 Youcut 來進行製作，最後再合併起來。克服了各個軟體的限制問題，也幫公司省下了一筆購買軟體的可觀費用，很有成就感呢。

各個軟體的使用上，在轉場動畫的設計部分，我選擇用 PowerPoint 來製作，為了配合同學所設計的獎品圖，因此在底色部分，鋪上大面積的紅色，並且以金色來填充文字及裝飾，呈現頒獎典禮的喜慶與莊重。

在這裡，想感謝老師在「字型」使用上的選擇與建議。以前，我雖然知道同一種字型，可能會有一整組，不同粗細、大小的選擇，但從未究其原因。更多的時候，往往直接使用軟體中的「加粗」功能，讓文字加粗。經過老師的告知，我才明白：「軟體中的加粗功能，可能會破壞原生字型的結構，且影響其呈現的美感。」因此，越專業的字型，就可能擁有越多的分類。例如：光是明體字，就可以區分為細明體、中明體、粗明體、超明體、超特明體⋯⋯等等；同一個字型間，還會有 W、P 的不同。

除了轉場動畫外，影片當中的人物簡介標籤，我也是以 PPT 簡報製作，完成後，另存圖片，最後匯入手機的剪輯軟體 Youcut 來操作，合併到影片當中。

素材影片及最後合成的工作，我選擇使用 Youcut。因為，素材影片的尺寸都不盡相同，因此需要先處理的就是調

整影片尺寸及方向，讓手機直向錄製的影片，兩側加上虛化的背景，並調整影片的亮度、對比度等數值，使影片整體色調更加清晰好看。再來，就是解決影片的音量問題。素材影片中，大多數的音量都太小聲，不能夠清楚地聽到發表者在說什麼。而且不同人錄製的影片，音量大小不同，如果不調整一致，就會有聲音忽大忽小的問題。因此，需要不停地將影片音軌的音量，調整至最高，後期剪輯時，才有辦法平衡所有素材影片的音量。

在上字幕的部分，我應用了 Openshot 軟體。字幕是影片製作中，最耗費時間和精力的項目了。一小時的影片內容，需要花費好幾個小時去進行字幕製作。一方面要先打好逐字稿，這有點像「聽打練習」。打完逐字稿後，再進行逐字稿內容的校對工作。之後，才能一一匯入軟體，逐字逐句對照，調整文字和聲音出現的時間，再製作字幕淡入、淡出的動畫。完成以後，才算完成影片製作的工作。由於上字幕的時間，實在超出個人所能負擔的範圍。因此，很感謝老師適時了解到困難之處，找來同學們幫忙分攤這項工作。為了讓每位幫忙的同學了解如何幫影片上字幕，我特別錄製了教學影片，並整理操作步驟，供同學參考，節省大家摸索軟體所耗費的時間。再次誠摯的感謝參與協助上字幕的同學。

最後，我想特別感謝官欣安老師，謝謝她在整個影片製作的過程中，幫忙想辦法解決問題。不厭其煩地幫我檢視

影片，找出裡面未盡完善的地方，以便修改。也謝謝其他老師們的指導，讓影片可以順利誕生。

四 《跨越萬卷的天橋》封面設計

由於設計的專長，這本暑期成果書的封面設計工作，仍然由我負責進行。

在同學們討論出這本書的書名：《跨越萬卷的天橋：2021 出版社暑期實習回憶錄》之後，我就一直在思索著，怎樣的封面最合適呢？萬卷樓給我的印象是有著濃濃書卷氣息、充滿歲月沉澱過後的穩重，搭配上「橋」的元素，應當是那種厚重的石橋、遠景的山水，整體採溫婉、淡泊的色調來呈現，最為合適。

但是，若直接使用「橋」的實體意象，又覺得有些沒特色，靈機一動，我決定在文字的筆劃上動手腳，讓「萬、卷」兩個字，營造「橋」的意象，使書名能夠呈現出「跨越」「萬卷」「的天橋」。

處理完文字的部分，我開始構思其它的畫面。因為，自身偏愛花草的關係，在眾多素材中，我選擇了白木蘭花作為前景。除了個人的喜好外，也是其來有自的。明代張新在〈木筆花〉一詩中寫到：「誰信花中原有筆，毫端方欲吐春霞。」其中所指的花，就是木蘭花。木蘭未開時，形似挺秀

的毛筆，正好對應萬卷樓的人文氣息。而我們就如同尚未綻開、含苞待放的花蕾，汲取養分，期待在花開之時，能夠聞得滿室花香。

六　結語

今年，因為疫情關係，無法實地體驗出版社的生活，少了很多接觸與互動的機會。遺憾之餘，也很感謝萬卷樓的老師們為我們費心，規劃了兩個月的實習課程，讓我從中獲益良多。白木蘭的花期短暫，但盛開時卻能夠滿樹花香、沁人心脾。正如同我們這個夏天雖然短暫，卻也在萬卷樓留下許多彌足珍貴的回憶。

校對實務與實習心得

陳怡安
金門大學華語文學系

一　前言

　　這次實習，我相信不論是對我們實習的學生，還是對給予我們實習名額的萬卷樓來說，都是一個相當大的挑戰。畢竟因為疫情，沒辦法實地實習，而且我們也沒有嘗試過，用線上的方式實習。線上實習要怎麼做呢？要怎麼紀錄時數呢？有辦法學到東西嗎？其實一開始我們心裡還是有些疑惑與擔心。但非常慶幸的是，即使是線上實習，萬卷樓依舊想了很多的辦法，以及找了很多輔助教材，用來幫助我們更了解出版產業，讓我們知道，即使是線上實習，也依然可以收穫滿滿。

二　對於編輯與校稿的印象

　　在參與實習之前，一直以來我對於編輯的印象，其實都還停留在小說、漫畫或是電視劇中的形象。

　　像是電腦審稿打字飛快，看到覺得不好的稿就退件。慘一點的，還要天天打電話去找作者催稿，跑到作者家裡要稿件，忙到天昏地暗都沒有時間吃飯。

　　所以當我看到上課的主題是校對實務的時候，心裡還是有點害怕，但也很期待到底要怎麼進行操作。畢竟這對我而言真的非常的新鮮，竟然可以參與到校稿工作！不過隨之而來又是無數多的疑問。會不會有很多改都改不完的檔案？會不會很難？萬一本來是對的，我改成錯的，怎麼辦？無數個問號在心裡不斷發酵，明明就還沒開始上課卻已經擔心太多不必要的問題。

三　編輯與校稿課程

　　在上課之前，我們每個人就已經分到了三篇稿子。我分到的是：〈千金易得，良師難求——談就業學程的師資規劃〉、〈為此春酒，以介眉壽〉、〈楊松年先生的第二副筆墨——序《雲海集》〉。這些，就是上完課之後要校對的稿子。那時有先大致看了一下，感覺這些是已經先初步排版整理過的稿件。因此，之前想的亂七八糟的問題，根本就沒有出現。反而看起來覺得不會太難。

　　後來在上課的時候，老師就先告訴我們要把稿件印下來，再去用紅筆校對。並且強調好幾次，是印下來，用紅筆

校對。當下我還覺得有點奇怪,愣了幾秒。之前看過的那些小說、電影,通通都是用電腦就開始校對排版改錯,那為什麼我們是用紙筆改呢?這樣就很像是在改作文的感覺啊!是因為我們第一次嘗試校稿所以怕我們用錯嗎?但是老師之後說的話就馬上解決了我的疑惑。

老師說,因為如果直接用電子檔校對的話,電腦的版面上,沒辦法留下校對痕跡,所以就沒辦法知道每個校次改了哪些,失去做校次版本確認的功能。所以,絕對不是因為什麼比較落後,還是其他奇怪的原因。現在萬卷樓的編輯也都是這樣的,先印下來再用紅筆改,跟我們沒有不同。

此外,老師告訴我們,電腦有學習功能,很多電腦的候選字詞,都是出現打字的慣用語,並非正確的語詞。電腦選字用慣了,往往積非成是,我們沒辦法辨別字詞的正確性。如果,認知錯誤的話,就糟糕了。

對於校對的標準與目的是什麼?基本上,校稿就是為了再次把關,將錯誤降到最低。而我們要做的就是檢查錯誤,還有確保文字風格的一致性。很重要的一點是,校稿的時候一定要注意尊重原文的內容、風格還有精神,也就是說除了事實的錯誤之外,其他通通不要動。不然改到作者特意安排的部分,或者是其他不該改的東西,往往貽笑大方。

關於校對的標記方式上，如果發現了文章有錯誤字、缺字、多字，以及需要增補調換的時候，該怎麼表示呢？這部分老師介紹了在校對時會用到的符號，如果有錯字的話就要把錯字圈起來，然後拉一條捲捲的，像是家裡電話線那種線到外面白色的地方，再寫上正確的字。這些校正的符號很多種，因此老師在課程作業那邊有給我們三個附件，有校對的須知、標準以及常常讓人搞混的一些錯別字，這樣我們在校對的時候也可以參考。

除了附件以外，老師說如果真的不知道，就上教育部新編國語字典去找，這樣可以確保校對的正確性。其實，說真的明明以前在國中、高中的時候，改錯字跟正誤字，我都很拿手。但是，上了大學之後，完全沒有碰過字音字形。有時看著很熟悉的字，還會覺得有點陌生。懷疑這個字真的是這樣寫嗎？可能跟平常手機電腦用多了，都是自動選字有關係吧。

除了錯字這部分要注意之外，老師給我們的附件裡面，有一面是校對編輯體例的標準用法。列了好幾大點的標點符號、數字改國字規則和西元紀年方式。這幾點，其實我平常都沒有特別注意過。但是，因為要校稿，還是認真的看完了。才發現自己以前以為正確的用法，有幾個是錯的。

校稿課程都講完了，大家突然想到，我們因為疫情的關係，整個暑假實習都是採用線上模式，但是稿子要印下來校

對，那要怎麼交作業？針對這個問題，老師問我們大家的家裡有掃描機嗎？我見到掃描機的次數，可能兩隻手就數的過來，那肯定是沒有的啦！所以老師推薦了兩種手機的應用程式，它可以把拍下來的照片直接轉檔，這樣就可以線上繳交作業了。

四　實際校稿過程

到了假日，我想要印稿件出來校對的時候，我是使用便利商店的雲端列印。速度很快，也不需要另外帶隨身碟，只要先把檔案上傳到雲端，然後它就會給一個取件的列印碼，幾天內去任何一家便利商店，都可以列印。

不過，在便利商店的時候發現，雖然我是上傳三個檔案到雲端，但是沒辦法直接一次印三篇不同的文章出來。因為，一次只能選一個檔案，因此需要分開成三次列印。印好後三篇總共是十二面，數量並不多，版面大致上也蠻整齊的，想來校對起來，應該用時不用太久。

但是，當真的把印出來的稿件拿出來要校對的時候，不免還是對著十二張滿滿的文字發起了呆，無從下筆。

好不容易定神開始看文章，還剛好找到錯字，興致勃勃想要來修改，校對到的第一個錯字的時候，拿著筆，把錯字圈了起來。接著，就突然忘了校對錯字的符號該怎麼標

示。因此，需要開著手機，看看老師提供的範例。雖然看著範例，但還是猶豫了一下，要怎麼下筆！因為，怕畫錯符號，也怕改錯字。萬一本來的字就是對的，被我一改變錯的，怎麼辦？線畫歪了怎麼辦？要用尺畫嗎？……

大概每看到一個錯字，或是不確定的時候，上面這些自我疑問，就會出現一遍，搞得我都懷疑人生了。不過，後來拉線的部分，我決定用尺來輔助。因為，感覺線條畫歪了，不是很好。因此，我改的速度很慢，甚至看著看著，就開始懷疑到底哪個才是對的？還是，這是通用字，不需要修改。

雖然，老師說我們改完的稿子，還是會有編輯再重新檢查一遍。但是，這是人生第一次校對，怎麼可以出錯呢？

另外，因為其中兩篇稿是比較文學性的，是〈為此春酒，以介眉壽〉和〈楊松年先生的第二副筆墨——序《雲海集》〉這兩篇，也是同一個人寫的。這個作者用了好幾個詞我根本沒有看過，像是拳拳深情之類的，完全不知道是什麼意思。類似這種狀況，我就要看到，就去查字典！要是我只用自己猜測的意思去判斷的話，就很容易出錯。

但也多虧這些比較少見的詞彙，我覺得我校對完一篇文章，腦袋裡的詞庫就擴大了一些，邊校對，邊學習新知識，挺不錯的。而且，這兩篇是同一個人寫的，在校稿的過程中

還會發現他在兩篇稿子中，有好幾個詞重複，像是「拳拳深情」就在兩篇中各出現了一次，彷彿是慣用語。

也因為看完這兩篇稿子，讓我對他所寫的楊松年先生非常的好奇，還去找了相關的其他文章和他的詩來看。發現楊松年先生寫的落葉和冬雪都很細膩，我很喜歡。這也是在校稿過程裡面，很意外的一個收穫。

除了很少的錯字以外，基本上一篇也就大概不超過兩個錯字。我覺得整個校對過程中，我最頭疼的，應該是計畫和計劃這兩個詞到底應該用哪一個？

這個讓我頭疼的問題，來自：〈千金易得，良師難求——談就業學程的師資規劃〉這篇文章的第一段。一段裡面，出現了四、五個計畫，但是用的卻有「計畫」和「計劃」這兩種。而我上網搜尋的時候，發現有的說他們其實可以通用，有的說他們的用法其實還是不一樣的，需要區分。

這些問題，平常時候，我根本不會注意到，也不會去在意到底該用哪一個詞，才是正確的！因此，我盯著稿件和電腦上的解釋，茫然了很久。把解釋和文章裡的文字一一對比，但又發現兩個「計畫」的用法，也有重複的。

為了避免我判斷錯誤，也不想繼續糾結下去，因此最後決定統一用法，通通都用計畫來代表，不區分了。不知道這樣對不對，反正後面還有編輯姊姊幫忙把關。

改到〈楊松年先生的第二副筆墨——序《雲海集》〉這篇的時候，我看著第一份稿子，覺得好像有那裡不太對，但又看不出來。思考了一陣子，覺得是不是自己想太多，因此繼續校正其他頁面。校正完，才發現剛剛在第一頁的怪異感是從何而來！因為，第一頁的版型，跟其他十一頁的稿子，都不一樣啊！一心都在找錯字跟用法，卻不小心忘了排版問題也是需要去注意的。

最後，這篇〈千金易得，良師難求——談就業學程的師資規劃〉，除了「計畫」這兩個字，比較不好分辨以外，後面的內容，比起其他兩篇來說，其實是比較簡單校對的。

前面有說到另外兩篇文章，是偏向文學性的作品，因此用字遣詞當然就會比較難一些。而這篇的內容主要就是在介紹實踐大學的課程規劃，對比前面來說，容易許多。

改完這三篇文章，我大概花了兩個小時，速度真的非常慢。因為中間查找很多資料，並思考很久要怎麼改。不過，幸好還是順利完成了。剩下要做的工作，就只剩下用手機的應用程式，去將校正完的稿件，拍攝掃描，上傳給老師就可以結束了。

但是，在拍它的時候，還是有那麼一點小問題。不是程式的問題，就是我自己在拍的時候，手比較容易晃到，或是

沒有對焦，所以好幾張都需要重拍。除此之外，都非常的順利拍完，並且上傳了。

五 校稿完的收穫

整體而言，我覺得校對是一件好玩的事情。雖然，前面一直擔心自己到底改得對不對？還有很多很多的疑惑和問題，不過還是學到了很多新的知識。因為，除了發現文章的錯誤之外，自己還學到許多新的東西。不僅止於上課時，老師說的知識、方法。自己在校對的時候，也會因為要確定字的正確性，而一直去網路上核對。又或者是作者在文章中出現了很多個自己沒有看過的詞，為了確定它是不是符合文章段落的意思，就會再去查詢字典。

雖然，這次我們一人只有分到三篇稿子，量並不多。但是，在查詢的時候，卻意外的讓我知道了很多自己不知道，或是沒有注意過的知識，讓自己進步。校對完，覺得自己都變聰明了。而且還多了幾分耐心和細心，還有解決問題的方式也都進步了很多。

六 結語

不過，我覺得很可惜的一點，就是今年因為疫情的關係，我們沒有辦法到現場去實習。

　　雖然說線上實習的時間真的比較彈性，但是跟去現場實習又不一樣，尤其是印刷廠，還有各部門，甚至出版社的倉儲，我們都沒辦法接觸到。之前看過很多學長姐去萬卷樓實習的影片，就很羨慕他們在沒有疫情的時候實習。

　　在現場實習，不光是我們可以更好的了解到出版社的運作模式和工作環境，我覺得更重要的是，有問題可以直接教學，或是示範給我們看啊！這是線上實習，無法達到的。

　　而且，其實我很希望能夠直接跟編輯接觸，以便訪問、學習之類。我想，如果可以近身接觸的話，這樣肯定能學到更多。同時，要溝通作業，或是請教問題，也更方便。

　　這次校稿，我肚子裡其實還有很多的疑問，在線上眾目睽睽下，不敢問出來。如果在現場的話，我很有可能就會抓著稿子，抓著編輯，問個不停了。很謝謝萬卷樓能讓我們線上實習，「校對稿子」真的很有成就感！

難忘的茶葉廣告設計

張娓兒
金門大學華語文學系

一　最初

　　范增平老師所委託的茶葉廣告設計，是我在暑期實習中最印象深刻，而且最珍惜的獨特經歷。

　　在一日下午，我們收到來自萬卷樓的工作分配，我與另一位同樣就讀金門大學的鄭涵月同學，共同負責范增平老師的茶葉廣告設計。我負責文案製作，同學負責平面設計。目的是要完成一張直式的十六開廣告，刊登在《國文天地》的封底廣告上，銷售臺灣小農所產的茶葉。

　　在總編發布工作時，便已將相關的基本資料一起放在本次的教學平臺 Google Classroom 中，以便讓我們做初步的了解。從相關資料中可知，這次廣告所要呈現的主角，是一款「臺灣高山茶」。在溝通過程中，總編提醒我們，一份廣告，不可能只登一次就會有效果。但礙於廣告刊登版面的

成本考量，也不能每次都刊登在封底廣告上。可能第一次露出時，是在封底的位置，後面再露出的話，就會刊登在內頁的補白位置。《國文天地》的封底廣告，是彩色印刷，但內頁廣告，是黑白印刷。為了避免深色系的廣告，黑白印刷後，影像不清的狀況，因此需要製作底色不深的廣告頁面，以期能在黑白印刷的情況下，仍能清晰閱讀。

由於詳細內容需要與委託人做更多的商談與琢磨，因此，我們得到與委託人范增平老師聯絡的機會，希望透過直接對話，進一步了解委託人的訴求與想法，設計出符合大家滿意的廣告。

二　過程

涵月同學的速度很快，一開始便製作了一款「樣張」，用「茶」、「臺灣小農」、「定價」等已確認的資訊及文字，將樣張海報放上群組，詢問范老師覺得如何？並告知可以根據老師的想法進行修改。然而，委託人卻遲遲沒有對於打樣的海報提出任何看法。

（一）設計的重點與核心理念

正當不知該如何突破困境時，我們迎來了開始製作海報以來的第一次上課。在八月二日的課堂中，總編先一個個檢討同學先前完成的作業，將作業的重點和核心理念再次

梳理，告知沒有共同參與的同學。

在這過程中，茶葉平面廣告設計也被總編提出來討論。不只講授了一些范增平老師所代銷之茶葉的相關知識，以便我們在增廣見聞、吸收背景知識的同時，新增廣告題材發想。而同在群組中的總編，自然有看到我們跟委託人溝通過程中，所面臨的問題。因此，課堂上也建議我們，讓我們得以更清晰的知道溝通的方向與步驟。

總編在課堂上提到，我們所製作的宣傳廣告，需要好好的思考，如何凸顯產品的「不同之處」！也就是我們的茶葉，和市面上所銷售的茶葉，差別在哪？總編告訴我們：

> 「凸顯不同」是在行銷上，一項重要的行銷技巧。讀者想要買茶葉，為什麼要來找我們呢？我們有哪裡不一樣？「凸顯特別之處」便是一件十分重要的事。

因此總編希望我們，在海報中要更加注意描述與書寫。而想要找出這在廣告中如此重要的關鍵點，便需要總編跟我們科普一下所販賣之茶葉的背景知識。張老師告訴我們：

> 這次要推廣的茶葉，是臺灣小農所生產，真正地道的阿里山茶葉。一些市面上流通的「阿里山」茶葉，很多只是假託阿里山茶的名義，進行宣傳與誤導。試問，臺灣這麼小，人力、土地都有限，茶葉的產出哪可能如此之多。加上臺灣的人力成本較高，若不

計種植，光看採收製作的人力成本，真正阿里山茶葉的價格，怎麼可能如此低廉呢？因此，很多是阿里山茶葉的種子，販賣至越南等國家種植，再以臺灣茶的製作方式，烘培而成。如此一來，不只人力、土地成本縮小，還可以使用「臺灣茶」的名號銷售，身價倍增。但其實只是所謂的「臺式」，也就是臺灣做法的茶葉而已。

此次我們所推廣的范增平老師監製的茶葉，是正統、道地栽培的臺灣茶。不只是用臺灣茶種，更是在阿里山上，經由在地小農精心照料、以自然農法所栽培出來的茶葉。天然無毒，土生土長於阿里山上，空氣與土壤皆是來自於臺灣最最自然合適的一份恰當中。這便是我們與市面上所流通許多「臺式」茶葉的不同之處。也就是總編不斷跟我們強調，要大力著墨宣傳的重點。

此外，總編在課程中也提到，這次宣傳土生土長的阿里山茶葉，目的不是為了營利，而是希望幫助臺灣小農的一種方式。他說：

種植茶葉的小農，若是想要販賣茶葉，難免要透過盤商的採購，往往經過層層剝削後，真正給到小農手上的並不多。如果單靠茶農自己營銷，因為沒有銷售的平臺與經銷通路，茶葉往往就會滯銷，賣不出去。

因此，此次范老師與萬卷樓合作，就是希望可以透過另一種宣傳銷售，鬆綁臺灣小農在市場上的限制，讓想要購買茶葉的民眾能以不透過盤商的方式，與茶農購買，進而達到幫助茶農的效果。這也是總編希望我們在廣告設計中，可以著眼進行的宣傳重點。

（二）溝通方式與設計流程

至於我們在群組中，與委託人溝通的窘境，總編建議我們，可以先在網路上多挑幾款風格不同的茶葉廣告。放上群組，給委託方挑選，以便確認委託方喜歡的風格。讓抽象的溝通，能夠轉為具象的討論。等委託方選擇了他所喜愛的海報風格後，我們再進行設計提案。這樣一來，可收事半功倍的效果。畢竟人在面對有選項的問題時，是較容易開口做選擇的。

果然，在上傳幾款風格迥異的海報樣本後，委託方迅速的給出了答案，我們也終於得以確立風格。於是在經過兩天的設計之後，我們將文案與平面設計結合，盡量貼合范老師所選的海報風格，提出了第二個版本的樣張，上傳至群組給范老師過目。沒想到，再次遇到卡關的難題。委託方針對文案的一小部分，提出了修改建議。但是，對於海報的設計，卻隻字未提。

於是，在八月六日的課程上，檢討各項工作及作業時，

老師再度與我們一起探討造成沈默、溝通不良的原因，好讓我們知道下一步該做什麼？為什麼會造成這樣的情況？並且告訴我們一般平面設計、廣告設計的設計溝通，都是怎麼進行的。

因為海報廣告設計我們是第一次嘗試，在不清楚一般溝通流程之下，與作者對談，似乎牛頭不對馬嘴，總彷彿作者的所思所想，並沒有表達清楚，或者我們無法意會。張老師告訴我們：

> 這樣的問題其實是由於我們並沒有編輯居中斡旋，通常在案子進行時，尤其是第一次想要製作廣告的作者找上門時，會有一知曉流程、有經驗的編輯，幫忙與作者溝通，引導作者表達出自己想呈現的廣告樣態、內容文案，並轉告與美編，編輯居中調和、整理資訊，做兩方的傳聲筒。

原來，無法順利進行的原因，就是我們沒有編輯，協助引導我們作業。加上對接的老師，應該也是第一次委託案子，我們也是新人，所以才會像是雙方都在抓瞎。

老師告訴我們，在合作的過程中，如果委託方十分清楚流程，也非常具有領導的控制權，往往可以快速切入正題，導入核心。如果執行廣告設計的美編人員，也是有經驗，且清楚流程的話，作業就會非常的順暢。因此，張老師鼓勵

我們，在學習做美編的時候，一定要也去學習了解編輯流程，訓練溝通技巧，這樣可以讓自己的工作價值更為提升。

從這個過程中，也能感受到編輯的存在有多麼重要。在好的編輯帶領下，美編人員可以知道足夠多的資訊、素材，製作出符合作者預期的廣告。作者也可以清楚表達出自己所思、所想，在良好的溝通環境下，得到滿意的作品。兩方溝通輕鬆，安穩和平，可以合作愉快的握手。

為了順利地繼續進行，總編直接點出了我們的問題。原來，我們直接將文案擬好，並根據委託人所偏好的海報風格，所設計出來的廣告。並沒有先詢問委託人對於文案、海報等文案內容，是否需要修改。正常應該在文案擬稿後，先請委託人確認，雙方進行討論。定案後，再開始製作海報。

經過這樣子周折的過程，我們終於了解，最初我們的作法，是很冒險的，沒有跟委託人確定廣告文案、海報樣式就展開製作，如果人家不滿意，當然不好說什麼。如果能夠先進行文案的確認，再往下進一步討論海報樣式，一步步扎的溝通，應該可以讓雙方在設計的過程中，都能掌握彼此的想法，安心許多。

後來，我自己檢討，一次就交給委託方一張完整海報樣張。對於委託方來說，要理解接受的訊息量，也是十分龐大的。很有可能有「很多不滿意」，卻又「不知該從何說起」

的無力感。這樣一來，既不利於效率、也不利於溝通。

（三）重整思路並獲得成就

經過老師的指點後，我得以知道業界對廣告溝通的流程與作法，在了解問題後，為了順利進行，張老師在八月十日的課程前，先與我和另一位同學相約開了一個共同會議，討論海報文案，幫助我們重整思路，以加快進度。

開會期間，老師也針對此次工作所產生的問題做解答與檢討，不僅告訴我們問題產生的原因，也鼓勵、幫助我們一步步解決。在原有的文案基礎上，老師建議我們：

> 加上委託老師的照片與關於茶品牌的解說，品牌的解說可根據老師們在微信群組中的聯絡訊息，經過統整組合後作為文案，且將本次的合作，是萬卷樓第一次與茶的結合，將「書」與「茶」的意象融合在一起，可以更顯獨特，這些內容與意象再一起，很有助於文案的完成。

> 此外，擁有范老師監製的招牌，也是這款茶的賣點。范老師所訂立的「道源好茶」，正是我們可以好好加以宣傳的著眼點，在海報中，不只可以介紹茶品，也可以將范老師所說的「道源好茶」標準放入，並放上范老師的照片。

正是因為總編的建議，活絡了群組的氛圍，范老師也隨之提供文案的相關想法，對於茶葉廣告的工作思緒，也因此變得清晰許多。在這樣的帶動之下我們終於得以步上一般業界的標準流程、邁入正軌，是最快樂的事情。

三　最終

這樣特別的經歷，是我在萬卷樓的實務實習中，最為印象深刻的。不僅第一次嘗試廣告文案，就可以直接與委託方對接對談，收穫頗豐。更有從錯誤，至一步步摸索、被領導回歸正軌的深刻歷程，都是非常寶貴的經驗。所謂在錯誤中學習、於錯誤中成長，我想便是如此。

萬卷樓願意放手讓我們自在的闖蕩摸索，信任學生直接與委託方對接洽談，並在學生碰壁、遇到問題時一一解說背後緣由，步步耐心的帶領著回歸標準流程，我相信對所有人而言，皆會是十分特別的經驗。不只是可以放手去做，更可以在錯誤的經驗中，學習正確的做法。

在種種的實務工作中，我們實際了解、操作一些出版社的工作，得以更加深刻的了解出版產業在做什麼。加上如此有趣而獨特的茶葉廣告設計，萬卷樓願意信任學生，將第一次與茶葉的合作交付，更是我這次暑假最重要的收穫。

出版實習與產業發展之我見

蕭怡萱
金門大學華語文學系

一　起始

二〇二一年七月五日，星期一。

受疫情影響，我報名的暑期實習單位，萬卷樓圖書公司，一改往例，採用了線上實習的模式。乍聽之下，似乎比線下實習要簡單許多。畢竟不需要一大早爬起來趕公車、捷運，甚至連集體上課時間，都改成每周一下午二點到五點。上完這些課程便結束實習？一個禮拜只需要這麼一天？感覺挺輕鬆的？總時數真的能達成嗎？懷著大概會從「實習」變成「聽演講」一個月的預感和憂慮，我準時打開了電腦。

事實上，從某部分來說，也確實不出所料。除了聽這次帶我們實習的萬卷樓總編輯張老師為我們上課，順便寫寫上課心得作業等例行項目外，額外派發的作業著實比我想像中少很多。或許是因為一開始催眠自己催眠的太恐怖，所

以在出現巨大落差的時候才萌生出慶幸的心情？總之，在實習期進入尾聲後，還剩下的一大把空閒時間裡，我不禁開始思考起這段時間下來的收穫與感想。

二　線上實習

此次的實習模式，不管對我們這些實習生，還是對開設實習的出版社來說，都是一項新的挑戰。因為是「頭一次」，所以遇到的困難也比較多。像是一開始實習時間的分配、中間公眾號實際操作的問題，還有分組整理稿件時組員的溝通等，由於大家只能隔著一臺電腦，無法面對面進行溝通，在訊息傳達上無法像面對面討論那般明晰，因而浪費了大把的時間與精力。

線上模式不用東奔西跑趕上班，固然輕鬆自在，但一整天都花在打字上，並且確認相關訊息，對眼睛和精神真是天大的折磨啊！

雖然我把實習課程戲稱為「聽演講」，實際上情況也可以說差不多。但因為要統整每一次課程的知識與心得，省思課堂中的問題點與解決方法，倒是比普通聽演講還要專心許多。這點我想一同參與實習的同學都有相似的感觸吧！

而不能親自前往萬卷樓，只能透過張老師的介紹進行想像這點，讓人感覺有些許「殘念」。不過，在張老師的詳

細說明下，出版社相關的工作內容也已融會於心。再想想親自前往現場實習所需的「舟車勞頓」，和現下疫情狀況可能帶來的風險。突然間，覺得線上實習的侷限，也就不那麼令人感到遺憾了。

由此推知，像我這樣能坐就不站，能躺就絕對不會爬起來的「懶人」，在世界上肯定只多不少。畢竟求方便這點正是人類的科技迅速發展的主因啊！再說到現在，因疫情陰影籠罩，使得「宅家」文化迅速獲得大多數人的認同，成為近兩年間生活的主旋律。這一改變也衝擊到了許多還來不及轉型，甚至根本沒想過要轉型的產業發展。除了餐飲業和旅遊業這些無可避免的產業以外，總算想起本人我目前正是個出版社實習生，對著「自家產業」一點危機感都沒有，這真的「大丈夫」？（日語漢字，意指不要緊、沒問題）

好吧，在正式進入主題前，首先便要想的一個問題就是：出版社究竟在做什麼？

三　出版業現狀的個人思考

說到出版業，一般人最先想到的職責範疇可能就是幫作者出書、印書、賣書，由此聯想到編輯、行銷、倉儲等等部門，而這些跟我了解到的也差不多。定義上，出版指的便是「將作品通過任何方式公諸於眾的一種行為」，而「以出

版活動作為主要獲利來源的商業模式」，即是出版產業。

　　第一個冒出來的念頭肯定是紙本書籍與書店了。看到這裡，危機點便很明顯了。如果說紙本書籍為出版社的主要收入來源，那麼在「宅家」經濟可能成為未來趨勢的現在，真的會有人親自前去實體書店買書嗎？

　　即使眼下情況特殊暫且不論好了，單以我的認知來看，像我這種小民的思想就是：現在的房子都好貴，大坪數根本買不起，就是用租的也只能租個小套房或雅房。十六坪不到的空間就是自己住都嫌擠，哪有地方擺書啦！再加上網路那麼方便，真想看什麼只要 Google 一下，了不起買個電子書。通常只有追求質感的人、老一輩不適應三 C 產品的人，以及有特殊活動，比如書展時衝動消費，才會買紙本書吧？

　　除了上述原因，還有一個原因，很多人可能一時想不到，但絕對知曉，甚至也關注過的理由就是「環保」啦！環保意識興起，相關的話題屢見不鮮。印書所需要的紙，除了特別點出使用環保的素材外，想必很多人都會把「紙」和「砍樹」畫上關聯號。而政府在「減紙」上也有出臺相關政策，最為人熟知的便是電子發票的推廣。可以預見的，紙本書籍在未來勢必是會「被環保」的項目。

　　不僅如此，時下常提及的「Ｅ」化，必然是「未來現代社會」的發展方向。雖說重視與否，關鍵還是得看個人。然

而即使出版社選擇以環保素材來印製紙本書籍，暴增的印書成本也會是一個嚴峻的考驗。本來就已經很少人買書了，書還變貴？簡直就是讓人更加買不下手啊！

咳，總而言之，讓我們先忘掉上面「讓人不買書的一百種理由」，我想表達的其實很簡單，就是在此種衝擊下，出版業將如何因應呢？

四 面對出版產業的個人想法與建議

面對這樣的衝擊，我認為最簡單的方法便是將書籍數位化，即所謂的「電子書」！發展電子書的相關通路，將所有厚重書籍彙整放上網路，對消費者來說不僅方便，也可以防止如失火、書蟲啃食等意外，造成的書籍書頁散佚問題。且整理起來還十分方便，各方面的成本肯定會減少許多。

除此之外，老師在課堂上提到過，關於出版社最高的成本，不是印刷、版稅等等費用，而是很多人想不到的「倉儲成本」！畢竟成堆成堆的書籍，除了帶給人滿室書香的印象外，還有安放這些「書山書海」所需要的空間啊！解決方法除了上面提及的數位化，若是能透過建立新的管理系統，彙整倉儲與物流等等資訊，以預期銷售數量的方式來調控庫存，不讓過多的書積壓在倉庫裡面生灰塵，也能做到有效壓低成本，成功「節流」。

　　看完了電子書的優點後，某些人或許會產生「紙本書籍完全沒有未來可言，是必然被時代所拋棄的產物」這一想法。然而事實會是如此嗎？單從人文角度來說，「書」這一詞所能代表的敦厚意味，便讓我無法完全否決掉紙本書籍的存在。每一幀書頁上無數的印痕織就回憶，那樣的情懷是無法抹滅的。從兒時大手握住小手的歪扭字跡，到學校課堂上原子筆在字裡行間飛舞，再到成年成家時包覆住另一雙小手。這一切是輪迴，也是傳承，而很明顯的，電子書並不能承載這樣的溫柔。

　　再說網路雖然方便，但其間蘊含的危險性，比如網路病毒、駭客，一次的系統故障在沒有任何紙本紀錄留存的情況下，損失的或許比單純倉庫著火、淹水這些天災人禍還要大！由此可知，紙本書籍肯定還是有其存在的必然性。再加上不斷往上翻的成本，或許在未來，書籍會成為有如香奈兒、勞力士般的讓人追捧的「奢侈品」也說不定？

　　總的來說，不管是電子書還是紙本書，它們都有自己的優點、缺點以及能夠改進、經營的地方。而如何抉擇，或者在兩邊取得平衡點，這便是未來出版社要思考的方向了。

　　接續回上面，說了「節流」，那怎能不提提「開源」呢？想要有一本好書，那首先得要有一個文筆高超、辛勤不輟的作者。而足夠優秀，能理解作者想法，及市場趨勢的編輯，也相當的重要。然而這些對現今的臺灣來說，光是訓練出這

些「基礎人才」就有許多的困難要面對。

從作者來看，臺灣的環境，其實對創作者並不算友善。先說作品發表平臺吧！經過一段時間的興盛期後，如今卻已經沒落的差不多了。現在有志於藝文圈的人，作品的推廣與發表，大多是利用如臉書等等的社群網站或部落格。在這些「非專屬」的平臺上，需求人群並不像專屬平臺那樣聚集，闖出名號的困難度大大增加。從原先只需要專注於寫書，其餘大事不管的「作者」，變成需要集著作、推廣、經營於一身的「全才」，這中間的難度上升了可不只一星半點。

再說說投稿的管道吧。由於出版社成本考量因素，能成功走向成書的作品，大多是本身便具有一定知名度，或者是簽長期約的作者。「野生」的普通作者想要出書，除了自印外，簡直如同天方夜譚。畢竟出版社也要賺錢，一個沒什麼名氣、不知道什麼時候會「斷更」的作者，以及小有名氣、自帶客群且足夠熟悉的作者，除非前者是「筆落驚風雨，詩成泣鬼神」，否則在文筆相近的情況下即使略勝一籌，出版社更偏向於選擇有「自來水」的後者。

推廣一個默默無名的前者可能沉沒成本太大，且投資報酬率還是未知數，怎麼想都是後者更不容易賠錢吧？

這些並不是哪一方的錯，兩方都有自己的考量與難處。即使是上段提及的後者，看似踩著萬千折戟的作者屍骨爬

上了成功之路，也可能因出版社考量而使作品被迫「斷頭」，這點在寫長篇的作者身上更容易看見。

那麼，造成這些現象的原因是什麼呢？是市場趨向，也是整個產業的低迷。產業低迷的原因很大便是外來文化強勢輸入，最明顯的比如正風行全球的日本動漫、逐步發展且市場龐大的中國文壇、以及本身便有一定影響力的美漫、飯圈遍布世界各地的韓國等。當別人都在開發新題，自身卻陷入瓶頸，這便是臺灣文圈凋零的原因。當然，這中間也有其他因素，比如影視業的發展、盜版、生活習慣改變等等。

總之，作者因為在臺灣難以生存而外流，出版社為了在一片低迷的市場中支撐，有意識選擇名作家作品，或者乾脆以翻譯作品為主要出版物。一切的一切形成了一個微妙的死循環。面對如此困境，雙方當然也有想過解決方法。比如作者在網路發達的現在，好歹還可以在大陸平臺上搶蛋糕，雖然辛苦點，但至少有努力的方向，也沒有語言不通的問題。反倒是出版社，臺灣的出版社扣除幾個知名的，其餘幾乎都是規模較小的獨資或家庭企業。資金缺乏，一直都是他們無法迴避的重要問題。沒有完善的書店系統，拿不出數位化的預算，僅靠著小書店經營，自然無法匹敵，如此倒的倒、散的散，知曉問題，卻無法改善，才最令人無奈。

而如此困境當然也不是毫無轉機。人才外流這一點在近年來政府推動人與土地連結，試圖復興臺灣藝術與人文

之風的舉動下有所和緩。藝文獎金及相關紓困政策出臺,再加上對岸盜版猖獗,大手腳的整改及針對平臺作者苛刻的條規讓部分外流作者選擇回歸本土文壇。也有人才不堪對岸環境,以與當初臺灣作者外流那般相同的理由(語言共通)轉而來臺發展。眼前並非一片黑暗,仍有點點曙光亮起,只待有魄力者率先出手,來打破這潭死水了。

話題說回來,想要「開源」,除了已經說爛的開發新行銷管道及拓展海外市場,我認為擁有優質的、讓人感興趣願意購買的書源也是重中之重。去掉教科書這種不怕沒市場的,臺灣近年來暢銷書目類別大多是商業理財、玄學心理相關。因此,在行銷計畫上或許可以考慮這些類別的書籍。當然其他較小眾市場也不能馬虎,可以透過對民眾購買力的判斷及預測來調節庫存。至於書籍外的「附加產品」,比如周邊文創類小物也能夠是營銷收入的大宗。

舉最簡單的例子來說,同樣的一個馬克杯,只要在杯子上印有現在流行的穿泳衣的「彌○子」或者脫眼罩的「五○悟」,並標註為正版,立刻會有一堆相關作品的粉絲衝出來,願意花三倍以上的錢將「老婆」、「老公」帶回家。

相對的,如果只印有一張普通風景畫,想來願意購買的人肯定比前者還要少,單價也絕對達不到前者的標準,不用比就知道哪一邊能獲得的淨利潤比較多,當然中間還涉及版權、著作權以及授權上的問題,沒有我想的那麼簡單。

不過，我認為這點可以參考日本的文創一條龍模式。從文字到漫畫，以至於動漫化、遊戲化，我認為日本在這方面可謂是做到了稱雄國際。若能在文創上串聯起產業鏈，不僅能降低成本，還能達到上下游共榮的效果。

五　總結

說了那麼多，當然以上只是我個人的小看法。

畢竟出版業遭遇的問題已非一時之弊，要想變動那更是阻礙重重。即使成功克服這些「硬件」上的問題，最難搞卻是「軟件」－－即客人的想法啊！畢竟一味跟隨潮流，勢必會被浪潮拋下，就如同天公要變臉誰都預測不了，即使氣象預報也有失準的時候呢！出版社要滿足的頭一位，便是閱讀者的需求，就算做了詳細的市場調查，也不敢說百分百按照自己的想法走。對比之下，其他的問題說急嘛……大概就是遠慮近憂的差別了。

實習尾聲，我的「遠慮」暫時還沒考慮到，反倒是「近憂」迫在眉睫。結業前，正是披星戴月、夙夜匪懈，感受著清晨的第一縷暖陽，一點帶著寒意的風，透過窗戶縫隙拂過髮絲的好時候。這樣的場景……當然不可能存在啊！八月的臺北，誰不是窗戶關緊緊，開冷氣呢？在死線上起舞，趕著心得的我，默默在電腦文檔裡，按下最後一個儲存鍵。

出版企劃的課堂筆記

徐宇廷
金門大學華語文學系

對於中文人而言，產業即戰力就是「企劃力」。而企畫力從何而來，則取決於技術與能力。中文人有六大能力：優於常人的文字表現、高度敏銳的情緒感知、靈活的應對進退、客觀的評判審視、文案創作的方向正確、認真積極的工作熱情。

一 企劃書的組成要件

企劃書的組成要件分別是：緣起目的，其中包含：緣起、出版宗旨；內容方法，其中包含：作者簡介、內容簡介、內容單元、書名規劃；客觀分析，其中包含：行銷規劃、客觀分析；時間費用包含：預期進度、預期費用、預期成果。

擬定企劃書時，釐清不同出版品的屬性關係，也是很重要的觀念，以三民書局《古文觀止》，和五南出版社《古文觀止的故事》，以及《厭世廢文觀止》一書，來舉例：三

民書局的《古文觀止》，是一本學術導向的著作，目標對象是教師或學生，產品定位屬於大專用書，價格策略可以略高，可以定在五百元上下。五南出版社的《古文觀止的故事》，是一本寫作閱讀教學的著作，目標對象是中學學生，產品定位屬於作文教學的課輔書，價格策略可以略偏中上，可以定在三百到四百元之間。《厭世廢文觀止》一書，屬於娛樂導向，適合普羅大眾，產品定位屬於休閒用書，價格策略變不宜太高，大約在三百元以下，才是合理的價格策略。

　　出版企畫客觀分析：可以透過了解運用內部強勢；透過了解停止內部弱勢；透過分析成就外部機會；透過分析抵禦外部威脅。

二　編輯企劃的三大核心思維

（一）藍海策略

　　出自二〇〇五年，由韓國學者金偉燦與法國學者勒妮・莫博涅（Renee Maubourgne）合著的《藍海策略》，其中提出的「藍海」更是被譽為現代新經濟學的跨時代理論。

　　《藍海策略》將市場比喻為兩種顏色的海洋，分別是「紅海」與「藍海」，紅海是漁獲豐富的漁場有眾多漁船捕魚，競爭激烈；藍海則是尚未有激烈競爭捕魚活動的海域，企業則是在這兩片海域進行經濟活動的漁船。

　　自八〇年代以來，傳統的企業獲利方程式，有三個要素：一、壓低成本。二、搶佔市佔率。三、大量傾銷。圍繞著這三個要素制定的商業策略，稱為「紅海策略」，也就是在現有的市場環境內競爭（在紅海內捕魚）。《藍海策略》指出此類競爭導向的策略會導致市場競爭白熱化，在紅海之內的產業，最終都會走向惡性的削價競爭，同時無法有效壓低成本，反而使成本升高，利潤也被壓低。

　　舉例來說：一條街上原先有一家專賣教科書的書店，獲利是固定的；但是當對面開了一家新的教科書店的時候，原先的屬於第一家書店的獲利便會被分割；為了搶奪這條街上的「市佔率」，雙方必然會透過將自己的書降價，來提高獲利。然而此種「以本傷人」最終會導致兩敗俱傷，最後兩家書店都會因為經營不善而倒閉。

　　而相對於「紅海策略」，「藍海策略」的則是創新導向，以無人開發的市場為商業重心，直到市場開始競爭再重新尋找新的無人市場，有三個要點：

　　（一）差異化與低成本並進：傳統的企業思維不外乎兩種：一是用更高的成本創造更好的服務（差異化）；二是透過壓低成本來建立價格優勢（低成本）。企業則須在兩者之中做出取捨。而藍海策略試圖打破這樣的關係，透過消除產業間激烈競爭的要素，並創造產業內，從未提供的要素。

　　（二）創造無人競爭的市場：過去企業思維是在既定的市場界線內彼此競爭，而藍海策略則是透過重新定義市場界線，讓競爭本身變得毫無意義；只要建立了只屬於自身的小眾市場，並且滿足需求，就擁有盈利基礎的絕對優勢。

　　（三）將非顧客轉變成顧客：藍海策略提供了四個步驟：一、買方效益，產品是否能夠滿足買方需求。二、價格是否為多數買家可負擔的？三、定價與成本是否符合預期獲利？四、是否有設想過可能遇到的阻力以及應對方法？

　　前兩步驟是確保可以在「買方淨值」上取得優勢；第三步驟釐清模式的獲利面；第四步驟則是重新檢視漏洞，避免執行困難。

　　舉例：同樣是一條街上的兩家書店，如果一家是以販售教科書為主，另一家便不宜再販售教科書，或販售大眾讀物，或兼售文具，避開與另一家商品的衝突，就能夠避免競爭，開拓新的獲利模式，走入新的藍海。運用藍海策略成功的實例：蘋果公司的 IPAD 與 IPHONE 系列產品創造了手提電子設備的新市場。任天堂的 NDS 掌上遊戲機透過開發新用戶，以兩倍的銷量打敗同期的 PSP。

（二）紫牛行銷

　　賽斯・高丁（Seth Godin）可謂是最會說故事的行銷大師，只要有新書出版便能紅遍整個業界。紫牛行銷，出自他

所著的《紫牛》。

試著想像一個畫面：一臺在路上行進中的汽車，經過了一群乳牛，在當中駕駛微微的瞥見一隻紫色的乳牛，是否會讓他搖下車窗，下車去看看，甚至在回家之後還要跟自己的親朋好友分享？

紫牛行銷，就是在市場當中找出「最小可行受眾」的行銷手法；現今的資訊社會不同於以往，已經幾乎沒有人會伸手去拿路邊發的傳單，更別提要在手機或電腦的廣告通知裡面，花費大把時間去找出對自己有利或是符合自己期望與需求的訊息；因此，如何讓產品能夠吸引核心消費者的注意，就是「紫牛行銷」所要探討的重點。

所謂的「紫牛產品」，指的有兩種，其一是產品本身具有卓越非凡的品質；其二是產品本身的創新性；透過這兩種方式製造話題性，讓產品能夠自我推銷到顧客的眼前，甚至要能讓消費者願意主動將產品分享給更多消費者。

再想像一個畫面，一個大約有五十人的演講場合，講師在臺上說得頭頭是道，然而臺下真正從頭到尾全神貫注的聽眾，大概只會有二十五人，那麼這二十五人便是臺上講者的「最小可行受眾」，如果要再去吸引另外的一半聽眾，勢必又要在多放心思與更多口條；因此演講的內容只要能打動「最小可行受眾」，這場演講就是成功的。

　　近年來成功的品牌，幾乎都是從小眾客群開始發跡的，如果一開始就鎖定大範圍的消費客群，那麼勢必要投入相當大的成本，然而卻不一定能得到相應的收穫。

　　即使是一本由學界的知名人士所撰寫的學術專書，放在大眾的銷售平臺，和放在教科書專賣平臺，投入的成本和最終盈利的比例一定會有所落差；學術專書的市場仍然是在學術界才能有最大發揮，多餘的市場投資甚至有可能導致總體盈利下降。

　　所以，即便創造出卓越非凡的創新產品，仍然有另外一個要點：「這個產品的主要客群在哪裡？」就如同前述提到「最小可行受眾」，因為一個產品不可能觸及或吸引所有消費者，因此明白自身產品的客群也是紫牛行銷重要環節。

　　能夠為「最小可行受眾」提供最到位的服務或最優質的產品，結合前述提到的話題性，好的產品與服務自然會一傳十）十傳百，「最小可行受眾」也會不斷擴張；即使遇到不買單的消費者也無妨，因為他們從來都不在市場規劃內。

（三）長尾理論

　　過去由於地域與空間的限制，為了能夠有效運用資源來獲得最大利益，企業的經營重心往往會放在最暢銷的產品（大眾市場），因此市面上幾乎找不到特定的冷門產品。

但由於近年來網路興起，打破了既有的空間限制，導致需求被放大了，因此除了既有的暢銷產品之外，原先被視為冷門的產品也能夠被輕易地銷售，並帶來可觀的收益（小眾市場）；不只滿足大眾客群的需求，也能透過大小眾市場並進，達到更高層次的「以量取勝」，也就是「規模」。

最大的收益來自於利基市場，冷門的產品哪怕是只有百分之一的營業額，多樣的冷門產品營業額累積起來也是相當可觀。例如亞馬遜網站就有百分之四十的書籍販售收益出自於本地書店不賣的書籍。

長尾理論有三個主要的面向，都是以「降低接觸利基市場的成本」為目的：（一）生產工具大眾化：產品從何而來？（二）配銷平臺大眾化：如何讓產品曝光？（三）連結供給與需求：產品如何滿足顧客的需求？

應用在出版業，則可以衍生出四個策略：數位印刷、網路書店、快遞物流、數位出版。

出版本身是指將作品公諸於眾的行為，目的在於傳播文化與知識；而出版品並不只限定於紙本，歷史上曾有過竹簡、布帛文書；現代則因為電子技術興起，有了虛擬書籍，也就是電子書。

六〇至九〇年代，是一個紙本出版品在出版業界呼風喚雨的時代；到了九〇年代之後，網路的出現提供了文化知

識的另一種載體；一直到二十一世紀迎來了出版產業的危機：二〇一一年亞馬遜 Kindle 電子書銷量首超平裝書。從二〇〇九年到二〇一〇年之間，亞馬遜與邦諾書店的電子書閱讀器銷售量，成長了十二～三十三倍之多。二〇一〇年全球最大連鎖書店 Barnes&Noble 邦諾書店求售。二〇一一年美國第二大連鎖書店 Borders 博德斯「破產保護申請」。網路書店銷售逐年成長，實體書店減少。

三　臺灣出版產業的概況

營業項目包含出版與發行，多兼營圖書與雜誌。家族化經營、獨資的中小企業。九成集中於雙北地區。營業規模小，內容生產者缺乏議價話語權。

出版業的瓶頸：一、單一書店沒落，連鎖書店持續成長。二、主流逐漸趨向全國性發行。三、數位化衝擊導致小型出版社式微。四、翻譯書籍逐漸取代本土創作。五、編輯人才與技術傳承困難。六、出版品供過於求。七、國內市場萎縮，海外市場開放不如預期。八、少子化抑制新閱讀人口產生。九、知識分子流往大陸，原有閱讀人口流失。

影響傳統出版業跟不上數位化浪潮的因素：數位版權數量少、技術人力不足、資金不足、營運平臺數據不透明、政府採購法限制。

實體書店受到的衝擊：知識來源與載體改變、購物習慣改變、網路書店的經營規模大。

四　具體解決方案

鼓勵各出版社與書店之間合作開拓出口業務。除積極參與電子書發展的活動外，更試圖將電子書的銷售管道，向國內外拓展。利用實體書店、網路書店、印刷技術、倉儲管理的虛實整合，試圖創造新的銷售模式。在紙本書的出版上，採用創新的策略，提高出版收入，降低出版成本，減少庫存壓力，並致力好書出版。

文化生活叢書・藝文采風　1306032

跨越萬卷的天橋：2021 出版社暑期實習回憶錄

總 策 畫	梁錦興、張晏瑞
主　　編	陳映潔
作　　者	呂庭瑜、易宇涵、徐宇廷
	張娓兒、郭人瑜、陳怡安
	陳映潔、鄭涵月、蕭怡萱
	謝家榆
封面設計	鄭涵月

發 行 人　林慶彰
總 經 理　梁錦興
總 編 輯　張晏瑞
編 輯 所　萬卷樓圖書(股)公司
臺北市羅斯福路二段 41 號 6 樓之 3
電話 (02)23216565
傳真 (02)23218698

發　　行　萬卷樓圖書(股)公司
臺北市羅斯福路二段 41 號 6 樓之 3
電話 (02)23216565
傳真 (02)23218698
電郵 SERVICE@WANJUAN.COM.TW
香港經銷
香港聯合書刊物流有限公司
電話 (852)21502100
傳真 (852)23560735

ISBN 978-986-478-536-0
2021 年 9 月初版
定價：新臺幣 280 元

如何購買本書：
劃撥購書，請透過以下帳號
　帳號：15624015
　戶名：萬卷樓圖書股份有限公司
轉帳購書，請透過以下帳戶
　合作金庫銀行 古亭分行
　戶名：萬卷樓圖書股份有限公司
　帳號：0877717092596
網路購書，請透過萬卷樓網站
　網址 WWW.WANJUAN.COM.TW
大量購書，請直接聯繫。
　(02)23216565 分機 610
如有缺頁、破損或裝訂錯誤，請寄回更換
版權所有・翻印必究
Copyright©2021 by WanJuanLou Books CO., Ltd.
All Rights Reserved　　　Printed in Taiwan

國家圖書館出版品預行編目資料

跨越萬卷的天橋 ：2021 出版社暑期實習回憶錄
/呂庭瑜，易宇涵，徐宇廷，張娓兒，郭人瑜，
陳怡安，陳映潔，鄭涵月，蕭怡萱，謝家榆，易
宇涵作 ;陳映潔主編.
-- 初版.-- 臺北市:萬卷樓圖書股份有限公司,
2021.09　 面 ;　公分.
--（文化生活叢書. 藝文采風 ；1306032）
ISBN 978-986-478-536-0(平裝)

863.55　　　　　　　　　　　110015886

本書為 2021 萬卷樓圖書出版經營理論與實務暑期實習成果